宵闇お宿の鬼の主のお嫁様

杉原朱紀

幻冬舎ルチル文庫

CONTENTS

✦目次✦

宵闇お宿の鬼の主のお嫁様

✦カバーデザイン＝久保宏夏（omochi design）
✦ブックデザイン＝まるか工房

イラスト・鈴倉 温✦

宵闇お宿の鬼の主のお嫁様

吸い込まれそうなほどに綺麗《きれい》な、金色の瞳。

強い光を放つ太陽のような力強さと、静かに揺れる麦畑のような穏やかさと優しさ。一度見つめてしまうと目が離せないその色に、凪《なぎ》は、一瞬で捕らわれてしまった。

冷たく見えるのに、優しく、甘い。

そして、どこか――懐かしい。

『あちらに、戻りたい場所があるか？』

淡々とした声に滲《にじ》んでいるのは、こちらを憂う優しさだけ。

なのになぜか、生きている意味があるのかと、そう問われた気がした。

なにも持たないどころか、周囲に迷惑をかけることしかできない自分。

そんな自分が、なにかを望むことなど、あってはならない。

『ともに在りたい者も、戻りたい場所もないのなら……』

額に触れた、柔らかな感触。慈しむようなそれは、ただひたすら優しくて。泣き出してしまいそうになるほど、胸の奥が痛くなる。

駄目だ、と。咄嗟《とっさ》に自身に言い聞かせる。

けれど、痛みとともに心の奥底に芽生えてしまった、小さな――ほんの小さな期待。

『あの日の約束を果たし、そなたを――』

差し出された手を見つめながら、甘い誘惑にぐらりと心が傾く。

そう、ここでなら。

――幸せな最後を、迎えられるのかもしれない。

◇◇◇

しとしとと、霧のような雨が景色を濡《ぬ》らしていく。

曇り空の広がる、重苦しい色合いの――けれど、澄んだ空気に満たされた墓所で、御坂《みさか》凪は眼前に佇《たたず》む墓を静かに見下ろしていた。

花束を抱え、傘もささずに立ち尽くしているため、全身がしっとりと濡れている。日に透ければ金色に見えそうなほど薄い茶色の髪も、今はその色を濃くし頬《ほお》に雫《しずく》を零《こぼ》している。同じ色の瞳は、ただひたすらその姿を目に焼き付けるかのように――そして、これまでのことを思い出すかのように、じっと墓を見つめていた。

華奢《きゃしゃ》な体軀《たいく》を包む黒い学生服――通っていた高校の制服を着るのも、今日で最後だ。卒業式が終わり、一度家に戻った後、卒業を報告して別れを告げるために、祖母が眠るこの墓を訪れたのだ。

ほっそりとした顔立ちに、穏やかな性格を表すようなわずかに目尻《めじり》の下がった瞳。柔らかな、けれど少しだけ色を失った唇《くちびる》は、寂しさを隠すかのように引き締められている。

母親に瓜《うり》二つだという、男らしさの少ない華やかに見える容貌。それが、周囲の人々の気持ちに負担をかけていることは理解していたが、ほとんど記憶に残っていない両親との繋《つな》がりを感じられる面影は、凪にとってひそかに嬉《うれ》しいものだった。

墓の前にしゃがみ、祖母の好きだった沈丁花《じんちょうげ》を供える。二人で暮らしていた離れの庭に植えてあったそれも、開花を見られるのはこれが最後だ。綺麗に咲いてくれてありがとう。そう心の中で呟《つぶや》きながら、幾つか花を切らせてもらってきた。

「お祖母《ばあ》ちゃん。今日、無事に高校卒業したよ。明日には引っ越すから、しばらく来られなくなっちゃうけど……」

明日、凪は独り立ちするためこの地を去る。三年前に祖母が亡くなってから月命日の度に墓参りに訪れていたが、今後のことを考えれば、当分戻って来られないだろう。

幼い頃、事故で両親を亡くし一人残されたものの、施設に入れられることもなく、母方の祖母と伯父《おじ》に引き取ってもらえた。

暮らす場所を与えられ、高校にも行かせてもらい、働ける年齢になるまで生きていける環境を与えてくれたことには感謝しかなかった。

だからこそ、これからは誰にも迷惑をかけず一人で頑張っていかなければならない。そしてゆくゆくは、これまでの恩も返していけたらと思っている。

（しっかりしないと……）

とはいえ、気を抜けば心の奥底から将来への不安が顔を覗《のぞ》かせる。それを押し戻すようにして、強張った頰から意識的に力を抜くと、口端を笑みの形に引き上げた。不安は確かにある。だが、これ以上、墓の下で静かに眠る祖母に心配をかけたくはなかった。

「新しいところで、ちゃんと暮らせるようになったら、また来るね」

——……頑張るから、見守っていて。

そっと目を閉じて、心の中で呟く。すると、ふわりと風が頰を撫《な》でた気がして、それに勇気づけられるように瞼《まぶた》を開いた。

頑張っておいで。

祖母なら、きっとそう言ってくれる。そう思いながら、今度は自然と浮かんだ微笑《ほほえ》みを墓に向けて立ち上がった。

「行ってきます」

そうして、少し感覚の鈍くなった右足を引き摺《ず》るようにして、凪は墓地を後にした。

「……ほら、またあの子」

ひそひそとした声が、わずかに耳に届く。それに気づかぬふりをしたまま、凪は軽く溜息《ためいき》をついた。信号のない四つ角の前で立ち止まり、目の前に立ち塞がるものを見遣《みや》る。

『甘い……、甘い匂いがする。極上の匂いだ……』

どこだ。餌は、どこだ。

他の人には聞こえない、おどろおどろしい声。同時に、四つ角を大きな影がゆっくりと通り過ぎていく。右手首に巻いた組紐《くみひも》を指先で撫でながら、その影が通り過ぎるまで、凪はその場に立ち尽くしていた。

(また、気味が悪いって思われてるかな……)

なにもない四つ角。人も車も通っていない場所で、凪は必ず数分間立ち止まる。ここを通らなければ家に帰れないため、迂回《うかい》することもできない。周囲の人間の目には、道を塞ぐほどの大きな影が映っていないため、凪が不可思議な行動をとっているようにしか見えないのだ。

(うう。変な止まり方してて、ごめんなさい……)

凪には、人に見えないものが見える。あやかし、と呼ばれるそれは、見えていない者にとってはほとんどが害のない存在だ。認識されなければ、直接干渉することはできない。そういった類《たぐい》の存在なのだと、教えられた。

この四つ角は、凪が通ろうとすると必ずあやかしが横切る。

大抵のあやかしは無害だ。こちらから接触を図らなければ、ただそこに存在するだけのものであり、草木と似たようなものである。

だが、ここを通るあやかしは違う。いつも『餌』を探している。こういうあやかしには、触れず、近づかず、目を合わさないことが最も重要なのだ。

(探してる『餌』がなにかは知らないけど。みんな、甘い、って言ってるよな)

それにしても、ここ数ヶ月、こういうあやかしに遭遇する頻度が上がっている気がする。この四つ角以外でも、後ろからやってきたり、突然前を横切ったりして、その度に不自然に足を止めてしまうため、周囲からの視線も厳しくなっていた。

とはいえ、目の前で動けば気づかれてしまい、そうすると凪にはなす術がない。立ち止まって息を潜めつつやり過ごすしかなかった。

(早く行ってくれないかな)

周囲を気味悪がらせてしまっていることには、申し訳なさしかない。自分のこうした行動が、保護者である伯父達の評判にも影響することがわかっているため、尚更だ。

もう少し人目につかない回避方法はないか考え試してみようとしたこともあったが、あやかしがどこから現れるかもわからないため、全て徒労に終わっていた。

「……はあ」

完全に影が通り過ぎてから、溜息を落とす。雨のせいかわずかに痛み始めた右足をさすり、ゆっくりと足を進めた。右足を引き摺るようにして歩くこの姿も、周囲から遠巻きにされる原因の一つだった。

四歳の頃、凪の両親は玉突き事故に巻き込まれ他界した。その際、同乗していた凪も大怪《おおけ》我《が》を負い、右足に幾らか後遺症が残ってしまったのだ。走れはしないが、日常生活に支障が出るほどでもなく、だが少し負荷がかかるとこうして痛みが出て引き摺ってしまう。

凪自身、足のことは特に気にしていないが、周囲はそうもいかない。山間《やまあい》の小さな村で、住人のほとんどが顔見知りという関係が密接な土地柄な上、凪の生い立ちと奇妙な行動とが相俟《あいま》って、随分と悪目立ちしてしまっているのだ。

誰も凪のことを知らない場所に行けば、もう少し違うだろうか。時折そう思うものの、結局は、凪の行動自体が変わらなければ周囲の反応も変わらないだろうなという結論に達するのみだった。

『……――。また、……に、……よう』

不意に、誰かの声が脳裏に蘇り瞼を開く。額に、温かな指が触れたような気がして、指先でそっとそこを撫でた。

「夢なの、かな……」

耳に心地好い、低い男性の声。額に触れた、優しい指先。

時折ふと思い出す声は、実際に聞いたものなのか――夢の中のものなのか。ひどく曖昧なそれは、だがいつも、凪の心を落ち着かせてくれた。

そういえば、ここ数ヶ月よく思い出す気がする。これからは一人で生きていかなければならないのだと、不安になることが多かったからかもしれない。

(夢じゃないなら……――会ったことのある人なら、また会いたいな)

そんなことを思いながら歩き、やがて辿《たど》り着いた、堂々とした門構えの日本家屋。山間にあるこの地域一帯の土地を所有する地主家系であり、この辺りでは随一の資産家でもある御坂家が、凪の母方の実家――現在は跡を継いだ伯父の家だ。凪は、祖母の意向によりここに引き取られ、敷地内にある離れに祖母と二人で暮らしていた。

正門の横――脇戸の前でインターフォンを押すと、スピーカーから『はい?』という無感情な誰何《すいか》の声が聞こえてくる。

「凪です。ただいま帰りました」

そう答えると、カチャリ、と中から開錠する音が耳に届く。

『旦那様《だんなさま》が書斎でお待ちです』

続けられた言葉に、はい、と応えるとぷつりという音とともにインターフォンが沈黙する。

凪が持っているのは離れの鍵だけのため、門などは中から開けてもらわなければ入れない。住み込みの家政婦や警備員が常時いて入れなかったことはないが、手間をかけてしまうことはいつも心苦しかった。

脇戸をくぐり戸を閉めると、母屋の玄関へ向かう。凪が母屋へ行くのは伯父に呼ばれた時だけのため、ここに来てから片手で数えるほどしか入ったことがない。

元々、伯父と母の兄妹仲が良くなかった上に、当時、家同士で決めた婚約者がいた母親が、結婚式直前に駆け落ち同然で父親と一緒になったことで、家に多大な迷惑をかけたらしい。以降、母親は勘当され没交渉となっていたと教えられた。

唯一、祖母だけが母親の連絡先を教えられており、事故のことを知った際、伯父に口添えしてくれたのだ。

母親とそれほどの確執があったにもかかわらず、伯父は、祖母の意向を受け入れ、凪の保護者としてここまで面倒を見てくれた。

決して快く迎え入れられたわけではなかったが、実際、母親に続いて凪も迷惑をかけてしまっているのだから、それは当然のことだ。感謝こそすれ、不満に思うことはなかった。むしろ、申し訳なかったと思っている。

卒業後、引っ越して独り立ちするというのは、凪の意志であり、入学後間もなく祖母が亡くなった時に伯父と約束したことでもあった。

『おふくろの遺言だから、高校卒業まではここにいることを許してやる。が、それ以降は出て行ってもらう』

凪が一人で生きていく力を得るまで——最低でも、高校を出るまでは面倒を見るように。

祖母が、自身の貯《たくわ》えの中から凪がこの家で暮らし学校に通えるだけの貯金をしてくれ、遺言としてそう遺してくれていたそうだ。

高校はちゃんと出なさいね――。祖母の思いに応えるため、卒業まではいさせてもらえないかお願いしようと思っていたが、元々、それ以上望むものなどなかった凪は、伯父のその言葉に一も二もなく頷《うなず》いた。

玄関を入ると、そのまま伯父の書斎へ向かう。広々とした板張りの廊下は、丁寧に磨かれ塵《ちり》一つ落ちていない。滅多に立ち入ることのない母屋は、何年経とうと余所余所《よそよそ》しい空気と緊張感に満ちていた。

誰かしら人はいるはずなのに、ほとんど物音のしない静かな空間を歩き、目的の扉の前で立ち止まる。強張った身体《からだ》から力を抜くようにして息を吐くと、ノックして扉を軽く開いた。

「失礼します。凪です」

「……入れ」

不機嫌そうな声に、一瞬肩が震える。伯父とは滅多に顔を合わせないため、会う時はいつも緊張してしまう。扉を大きく開くと部屋の中へ足を踏み入れた。

天井まで届く高さの本棚と、重厚な木製の机や椅子、休憩用の小さなテーブルセットだけが置かれた書斎は、さほど広さもない伯父の仕事用に設《しつら》えられた部屋だ。椅子に座り書類を読んでいた伯父の前に、机を挟んで向かい合うように立つと、ちらりと視線が上げられた。

着流し姿の伯父は、凪とは違い体格も良く、座っていても威圧感がある。元々、愛想の良い人ではないが、凪と話す時は不快感が滲みさらに厳しさが増すため、自然と身体が強張ってしまう。

「準備はできたのか？」

「はい。必要なものはまとめました。お祖母様の荷物は、全てそのままにしてあります」

言葉とともに頭を下げた凪に、伯父が一瞬だけ眉《まゆ》を顰《ひそ》めたのがわかった。

恐らく、離れになにを置いていたか思い出しているのだろう。祖母の荷物の大半は、亡くなった際に形見分けや財産目録を作るため母屋の方に移された。残されているのは、凪と暮らしていた頃に使っていた日用品や、仕事道具、着物など一部だけだ。

「あの、お祖母様の仕事道具なんかが、まだ……」

そっと言い添えれば、さらに眉間《みけん》の皺《しわ》を深くした伯父が「ガラクタか」と呟いた。

その言葉を聞いた瞬間、凪は、反射的に声を上げていた。

「あ、あの……っ」

もしかしたら。そんなかすかな期待を抱きながら、つい拳を握りしめてしまう。緊張から上擦る声で、どうにか続けた。

「お、お祖母様の使っていた、仕事道具……、もし、不要なようなら、頂いていっても、かまいませんか？」

祖母は、生前、自分の仕事道具は全て凪に譲るからと言ってくれていた。だが、伯父達にとっても祖母との思い出の品であるかもしれないと思い、なにより、これ以上伯父達からなにかをもらうのは申し訳なくて、置いていくつもりだったのだ。

けれど、もし、伯父達に必要ないものであるのなら……。

「勝手にしろ」

「あ、ありがとうございます！」

不機嫌そうな声とともに返された言葉に、一瞬だけ緊張を忘れて頰が緩む。だが、目を通していた書類を机の上にばさりと置いた伯父が顔を上げると、再び、ぴんと張り詰めた空気が漂った。

「明日は朝から客が来るから、ここには来るな。離れの鍵は、ポストにでも入れておけ」

「はい。あ、あの。今までご迷惑をおかけしました。引き取ってくださったこと、感謝しています」

深々と頭を下げた凪に、伯父が目を眇《すが》める。

「今後、二度とうちを頼れると思うな」

「はい」

頷いた凪に軽く溜息をつくと、伯父が机の引き出しから厚みのある大判の封筒を取り出す。差し出されたそれを机越しに受け取り中を覗くと、幾つかの書類と通帳が入っていた。

「お前の両親が生前に遺したものだ。成人までは、私が管理することになっていたからな。相続にかかった費用と税金、治療費はそこから出している」

「あ、でも……」

引き取ってもらったことでかかった費用のことを考えれば、これはそのまま伯父に渡した方がいい気がする。受け取ってもらえないかとやんわりと告げると、鋭い視線が投げられた。

「それを持って、二度とうちに関わるな」

「……はい」

言葉も態度も厳しいが、独り立ちする凪が困らないよう、必要なことはきちんとしてくれている。理不尽なことを強いられたこともない。だから凪は、自分が嫌悪されているとわかっていても、伯父のことを嫌いにはなれなかった。

「それだけだ」

「はい。失礼します。……あ、あの」

一礼し、部屋を出て行こうとしたところで、ふとあることを思い出し伯父を振り返る。

「離れの近くにある、お社《やしろ》の世話を、家政婦さんにお願いしても構いませんか？　お祖母様が、大切にしてらっしゃったので」

「……――」

返された沈黙に、それ以上は告げず頭を下げる。

「長い間、お世話になりました」

扉の前でそう言い添え、静かに扉を閉める。緊張に強張っていた肩からほんの少し力を抜くと、封筒を抱え直した。

(ありがたいなあ……)

愛情は、祖母から惜しみなく与えてもらった。生きていくための環境は、伯父から与えてもらった。すぐには困窮しないだろう程度のお金も、両親から遺してもらえた。

唯一、学校でも遠巻きにされていて同年代の親しい友達ができなかったのだけが残念だったが、たった一人で放り出されることのなかった凪のこれまでの人生は、幸せだったと思っている。

「あら、凪君。こっちに来てたの?」

時折、離れに食材などを届けてくれていた家政婦にも礼を言っておこうと台所へ足を向けた直後、向かい側から来る二人の女性の姿に足を止めた。二人が通りやすいように、少しだけ壁際に寄る。

「ご無沙汰しています」

着物姿と、洋装の女性。それぞれ、伯父の妻である伯母《おば》と、伯父のもう一人の妹である叔母《おば》で、深く頭を下げた。

「明日は引っ越しでしょう? もう荷造りは終わったの?」

眉を顰めて話しかけてくる叔母に、はい、と頭を下げたまま答える。一方、伯母はこちらを鋭い視線で睨《にら》みつけていた。

「長い間、お世話になりました。ありがとうございました」

二人に向かい深く頭を下げる。すると、視界に入った白足袋《しろたび》が、凪を避けるようにして通り過ぎていった。

「ねえ、凪君。こんなこと言うのもなんだけど、母さんが遺したもの、まさか売ったりしてないわよね？」

不意にそんな声を掛けられ、慌てて顔を上げる。疑うような眼差《まなざ》しでそう告げた叔母は、凪を無視して行った伯母の方へと視線を投げた。

「潔子《きよこ》さん、貴方《あなた》のことで近所の人達からも随分なこと言われてきたのよ。母さんが言い出したことだし、兄さんの立場もあるからって、反論もできないし。あれだけ辛い思いしてきたのに、母さんったら貴方のことばっかりで。だから、せめて母さんの遺したものは潔子さんにも分けてあげたいの」

「……――。ご迷惑をおかけしたことは、申し訳ないと思っています」

「せめて、貴方が学校で目立たないようにしていたら、潔子さんの面目も立ったでしょうに。成績だってねえ……言いたくはないけど、なにか良くない方法でも使ったんじゃない？　幾ら、ここにいるために母さんにいい顔したかったからって、恩を仇《あだ》で返すようなことをして」

「……――」

「髪も、そんな色で目立つし。黒く染めるように言ったのに、母さんが反対するから。……

足のことだって、別に、普通に歩けないわけじゃないんでしょう？」

滔々《とうとう》と続く言葉を、凪は黙って聞き入れる。伯母に対して迷惑をかけてしまったことは事実だし、髪のことも、学校で染めるよう言われていた。だが、祖母から必要ないと止められたのと、染めるにもお金がかかってしまうのが申し訳なくてできなかったのだ。

「それに、凪君、変なところで立ち止まったりするじゃない。あれも、ご近所で変な噂《うわさ》になってるのよ。そんなのも、全部母さんと潔子さんが頭を下げてくれてたの。本当に、姉さんたら亡くなってからも迷惑ばっかり……」

自分がここに来なければ、こんなことを叔母に言わせずに済んだのだ。自分が原因で周囲の人達から色々と言われていることを知っているだけに、申し訳なさが先に立ってしまう。

「あ、の。お祖母様の遺品は、全てきちんと保管したまま置いてあります。亡くなった時に作った目録を見て頂ければ。あの、ただ、伯父さんに許可を頂いたので、仕事道具だけは譲って頂こうと思っていますが……構わないでしょうか？」

以前から、離れにある祖母の遺品については、叔母がひどく気にしていたのだ。自分の親の持ち物だし、思い出もあるだろうから、それは当然のことだろう。

ただ、祖母の仕事道具だけは、他に使う人がいないのならと、咄嗟に申し出てしまったのだ。もし叔母が必要だと言うなら、諦めよう。

「仕事道具？　ああ、和裁と組紐のね。いいわよ。あんなの、残してても誰も使わないし。

売れもしないから、あってもどうせ捨てるだけだもの」

「ありがとうございます」

ばっさりと切り捨てるような言葉に、胸がチクリと痛みつつ内心でほっと息をつく。再び頭を下げると、ふう、と溜息をつく声が聞こえてきた。

「まあ、これ以上、この家に迷惑かけないでちょうだいね。貴方がいなくなれば、利隆《としたか》君も少しは気が楽になるでしょうし。高校まで出してあげたんだから、母さんも満足したでしょ」

「はい」

「じゃあね」

頭を下げたままの凪の横を通り過ぎた叔母の足音が聞こえなくなってから、そっと息を吐く。

叔母は昔、姉が出て行った後、父と兄が姉の婚約者だった人やその家に、ひたすら頭を下げ続ける姿を見ていたのだという。その不祥事の結果出来た子供である凪に対して、余計に許せないものがあるのだろう。誰だって、親や兄弟が他人に対して頭を下げる姿など、見たくはないはずだ。

（だから、なにを言われても仕方がない……）

『ほら、あの子、御坂さんの上の妹さんのところの。ご両親が事故で亡くなったから、ご本家が引き取ったそうよ。あの子も、怪我で右足が不自由になったって。……亡くなった方にこんなこと言いたくはないけど、あれだけご本家に迷惑をかけて出て行ったんだもの。罰が当たっても仕方がないわよね』

引き取られた当初から、周囲でそう噂されていたのは知っている。皆、凪のいない場所で話していたつもりだったのだろうが、噂する人間が多ければ自然と耳に入ってくる。

それらの言葉は、両親を亡くしたばかりの凪の心を容赦なく傷つけた。それでも、母親がみんなに迷惑をかけるような悪いことをしたのなら、自分が悪く言われるのは仕方がないことなのだと、必死に泣くのを堪《こら》えていた。泣いてしまえば、祖母に心配をかけてしまう。

『凪はなあんにも悪くないんだから、しゃんと顔を上げておきなさい』

両親の死も、凪の怪我も、……凪が、人に見えないものを見てしまうことも。なにひとつ、両親や凪のせいではない。だから、罪悪感など持たなくてもいい。

泣くのを我慢している凪を見つける度、祖母はそうやって頭を撫でてくれた。

そして、周囲の人達から、騒動を起こした娘が再び厄介ごとを持ち込んできたと同情交じりの声をかけられる度、祖母はやんわりとそれを否定し凪を庇《かば》ってくれていたのだ。

伯父が継いだ地主としての立場を悪くしないよう、周囲と必要以上の摩擦を起こさないよう、なおかつ凪に否定的な目ばかりを向けられないよう。いつも、陰になり日向になり守ってくれていた。

それでも、凪が周囲から受け入れられなかったのは、母親でも誰のせいでもなく、凪自身のせいだ。もう少し人と上手《うま》く関われていれば、違っていたかもしれないのだから。

「……――?」

ふ、と。なにか視界の端を黒い影のようなものが横切った気がして、振り返る。だが、磨かれた廊下にはなんの姿もなく、気のせいかと息をついた。

台所に顔を出し、見知った家政婦にこれまでの礼と離れの近くにある社のことを頼むと、母屋を後にする。家政婦も、凪にはあまり関わろうとしなかったが、祖母との仲は良好だったため気にかけてもらえるだろう。

(後のことは、考えても仕方がないか……)

祖母が大切にしていた場所のことは気になるが、ここを去る自分にできることはもうなにもない。

母屋を出て、離れへと向かう。庭の敷地を区切るように作られた、凪の身長ほどの生け垣を通り抜けた先に建てられている、こぢんまりとした日本家屋。元々は、来客の逗留《とうりゅう》用として使われていたそこが、祖母と凪の住居兼仕事場となっていた。

小さいとはいえ、二人で静かに暮らすのになんの不便もないほどの広さはある。祖母が亡くなってからは、凪一人で使わせてもらっているため、贅沢《ぜいたく》と言えば贅沢だった。

「ただいま」

玄関の鍵を開け、誰もいない家の中に声を掛けたところで、たたたっと軽い足音が聞こえてくる。庭の方から現れた茶色い毛並みの子狐の姿に、凪は頬を緩めた。走り寄ってきた子狐が脚に身体を擦り寄せてくる。

「狐《きつね》君、来てたんだね。鬼君も一緒？」

しゃがんで頭を撫でてやりたいが、雨に濡れたせいか右足の調子が良くないため、声を掛けるだけに留める。すると、「きゅ！」と答えた子狐が庭へ駆けていき、またすぐに戻ってきた。

「あー！」

子狐の背には、掌に乗るほどのサイズの男の子の姿がある。額に小さな角のある黒髪に赤い瞳のその子は、鬼のあやかしだ。もちろん、子狐も普通の狐ではなくあやかしである。

この小さなあやかし達は、凪が幼い頃からの顔見知りだ。ある日、子鬼を背に乗せた子狐が家の庭に現れ、それから時折、こうして遊びに来ている。

祖母も、この子達を歓迎していた。——そう、祖母もまたあやかしが『見える』人だったのだ。あやかしとの付き合い方を教えてくれたのも、祖母だった。

「待たせたかな。ごめんね。おいで、おやつがあるから一緒に食べよう」

言いながら、二人を家の中に誘う。嬉しそうに後をついてきた子狐達は、凪が開いた玄関から家の中に入ると、勝手知ったる様子で居間へと向かった。

（ここを出たら、あの子達にも会えなくなるな……）

名前も、どこから来ているのかすらも知らない。ただ、人の世であやかしと関わりを持つのなら、そのくらいの距離感でちょうどいいのだと祖母が教えてくれた。

『名を交わすということは、良くも悪くも、縁を深めることだからね。あえて知ろうとしなくても、必要があれば自然とわかるものだよ』

子狐達が言葉を話せないこともあり、結局詳しいことはわからないままだったけれど、また縁があれば会えるだろう。そう思いながら、もし二人が来た時のためにと準備しておいた饅頭《まんじゅう》を皿に盛りつけてソファテーブルの上に置き、ソファに腰《こし》を下ろす。そうして、テーブルの上で美味《おい》しそうに饅頭を食べる小さなあやかし達の姿を眺めた。

「きゅ?」

小さめの饅頭を食べてしまった子狐が、こちらを見て不思議そうに首を傾《かし》げる。少し遅れて食べ終わった子鬼も、「う?」と同じように首を傾げながらこちらを見上げてきた。同じ姿勢になった二人に笑みを零しながら、軽く頭を撫でる。

「明日にはここを引っ越すから、二人に会えるのはこれで最後になるんだ。今まで、会いに来てくれてありがとう」

「きゅー……」

子狐が、頭を撫でていた手に顔を擦《こす》りつけてくる。甘えるようなそれにくすりと笑うと、子鬼が小さな両手で制服の袖《そで》を引いた。

「あー、あー」

なにかを訴えるようなそれに、ごめんね、と呟く。

「高校を出たら独り立ちするのは約束だったから」

「あー……」

悲しそうに袖を引き続ける子鬼の頭を、反対側の手で優しく撫でる。

「二人とも、元気でね。明日からは、もう来ちゃ駄目だよ」

子鬼はともかく、子狐はまだ幼いせいか人にも姿が見えてしまう時があるようだった。この家の人間に見つかれば、追い立てられてしまう可能性がある。

（二人が話せればよかったんだけど）

それもまた、縁なのだろう。そう思いながらひとしきり二人を撫でると、最後の荷造りをするためにソファから腰を上げた。子狐達はいつも、思い思いに凪の家で遊び、日が落ちる頃に帰って行く。凪が腰を上げると、子鬼が子狐の背に乗り、凪の後についてきた。

二人の好きにさせながら、祖母と凪が仕事に使っていた和室へ入る。

「……お祖母ちゃん。仕事道具、もらっていくね」

押し入れの襖《ふすま》を開け、下の段に綺麗に仕舞っておいた祖母の和裁道具一式と、組紐の道具を取り出す。

どちらも、引っ越し荷物に加えるため、丁寧に段ボールに詰めていった。

引っ越し先で仕事を始める際に、幾つか買い揃《そろ》えなければならないものがあったため、祖母の仕事道具を譲ってもらえるのは正直助かった。

凪は、祖母からずっと手仕事を習っていた。初めのうちは鋏《はさみ》や針を一人で使うのは危ないからと組紐を教えてもらい、六歳を過ぎた頃から徐々に和裁も習うようになった。

今考えれば、足の怪我のこともあり、動き回る仕事に就くことは難しい凪のために、一つでも技術を身につけさせておこうという祖母の心遣いだったのだろう。幸いにも、細かく根気のいる作業や手先を使う作業は凪に向いていたらしく、祖母を手伝う傍ら、和裁技能士の資格も取り、数年前からは祖母の顧客の一部を引き継ぐ形で和裁の仕事もさせてもらっていた。

とはいえ、着物離れが進む昨今、注文は減少の一途を辿っているため、それだけで暮らせるかと言われれば難しい。しかも凪の場合、若すぎて信用がなく、新規の顧客を得ることがなかなかできない。これまで、ここで細々ながら仕事を請けられたのは、祖母の信用と御坂の名前があってこそだった。

幸い、元々電話やメールでやりとりしていた呉服屋や工場、修繕店などで、引き続き仕事を回してくれると言ってくれているところも幾つかある。後は、個人の受注を増やせれば、副収入程度にはなるだろう。

「……よし」

時折手を止め、久し振りに取り出した祖母の仕事道具を懐かしく眺めながら詰めていたら、思った以上に時間がかかってしまった。凪の傍らで、子狐と子鬼が気持ちよさそうに眠っている。

窓の外を見れば、日が落ちようとしている。段ボールを玄関先の引っ越し荷物に加えるため運ぶと、さほど多くない数が並ぶそこに静かに置いた。

「さて、そろそろ起こして帰してあげないと」

子狐達を待っているあやかしがいれば、心配をかけてしまう。そう思い再び和室の方へ踵《きびす》を返したところで、ぞわりと全身に悪寒が走った。

「……っ」

足を止めると同時に、がらりと玄関の扉が開く。目を見開いて振り返ると、そこには凪より幾らか年上の男——従兄《いとこ》の利隆が立っていた。滅多に凪の前に姿を見せない従兄の姿と、その身体に纏《まと》わり付く黒い靄《もや》のようなものに絶句し、立ち竦《すく》んだ。

利隆は、この春大学を卒業し、そのまま伯父が経営する会社に就職する予定になっている。卒業式を終えたら、跡取りとして早めに仕事を始めるのだと以前叔母が話していた。

「利隆、さん？」

「……の、……で」

「え？」

ガシャン！　と派手な音を立てて引き戸を閉めた利隆が、俯《うつむ》いたまままこちらに歩み寄ってくる。靴のまま上がり込んで来るのに合わせて、込み上げる危機感から後退《あとずさ》った。

様子がおかしい。そう思い眉を顰めると、利隆が顔を上げる。憎々しげに睨みつけてくる視線は、見慣れたものであったが、同時にどこか違ってもいた。

まるで、獲物を狙う獣のような——そんな、危うさ。

目を逸《そ》らせば飛びかかられそうな緊迫感とともに、ゆっくりと後ろに下がっていく。

「利隆さん、……どうしたんですか？」

注意深く声をかけると、ぴくりと利隆の肩が震える。

「……えの、せいだ！」

腹の底から吐き出された怒号に、目を見開く。直後、一気に距離を詰められ、伸びてきた手に腕を摑《つか》まれた。逃げ損ねた身体を乱暴に引き倒され、床に叩《たた》きつけられた衝撃で息が詰まる。

「…………——っ！」

「お前さえいなければ、俺は、俺は——……っ‼」

馬乗りになった利隆に身体を押さえつけられ、首に手が掛けられる。そのまま躊躇《ちゅうちょ》なく力が込められ、息が止まった。

「っ！」

息苦しさに、どうにか喉《のど》に掛けられた手を剥《は》がそうともがく。だが、ますます力が込められ痛みと苦しさが増していった。

「きゅー！」

直後、遠くなりかけた意識の中で幼い狐の鳴き声が聞こえてくる。同時に、「くそっ！」という罵声とともに、一瞬だけ手が緩んだ。

「どけ！」

「……っ！　きゅっ！」

どん、という音とともに、子狐の悲鳴が響く。ふらつく視界の中で、咄嗟に利隆の服を掴んで思い切り引いた。

「や、め……っ」

「きゅ、きゅ、きゅーっ！」

再び近くで聞こえた鳴き声に顔を横に向けると、毛を逆立てた子狐がよろよろとしながら利隆へ向かって行こうとしている。その姿に、必死に声を上げた。

「来ちゃ、だ、め……、……っ！」

「きゅう……？」

凪の声に、子狐がぴたりと足を止める。困惑したような鳴き声に、必死に「逃げて」と言葉を続けると、一瞬の後、子狐がくるりと方向転換し遠ざかっていった。その姿に、ほっと安堵《あんど》し身体から力が抜ける。

（良かった、今度は……、今度……？）

そして思い浮かんだ感慨にふと疑問を持った瞬間、額に手が掛けられ、後頭部を思い切り床に叩きつけられた。

「……――っ！」

「お前のせいで、俺が馬鹿にされ続けるんだ！　大学でも、会社でも、どれだけ俺の邪魔をすれば気が済む！　誰も彼も、お前の方が優秀だと内心で笑いやがって！　この疫病神が！」

怒声が響く中、打ちつけられた頭の痛みにきつく目を閉じる。逃げようとしても身体が言うことを聞かず、続けて掴まれたままの頭が軽く浮き、再び床に叩きつけられてしまう。

「お前のせいで！　お前のせいで……――っ‼」

何度も繰り返されるそれに、痛みとともに意識が遠のき始める。

『……そうだ。こいつがいなければ、お前は正しく評価されていた』

やがて、薄ぼんやりしてきた意識の中で、利隆とは違う声が聞こえてきた気がした。

『大丈夫。命が尽きる直前に、私が綺麗に食べてやろう。お前は、なにもしていない』

「あー！」

「きゅーっ！」

『……――っ！』

唆《そそのか》すような声と、子鬼の声。それに続く子狐の声。不意に途切れる衝撃。誰かの、怒りに満ちた気配。

子狐が、子鬼とともに再び戻ってきたのか。

自分の周囲でなにが起きているのか把握できないまま、凪は、ただ焦燥の中で祈り続けた。

（誰か、あの子達を……）

助けて。

だが、そう思う間もなく、凪の意識は、ぷつりと途切れた。

◇◇◇

『利隆君、大学受験、駄目だったみたいよ』

どこからか、声が聞こえる。

『受けたの、お父さんと同じところでしょう？　残念ね』

『でもほら、例の妹さんの子供、いるじゃない。まだ中学生だけど、成績は凄く良いそうよ。この間も、テストの成績一番だったらしいし。せめて逆だったらよかったのにねえ』

……――。

『なんだよ、その澄ましたツラは。どいつもこいつも馬鹿にしやがって！』

違う、そんなことは……。

『凪君、別に大学に行くわけじゃないんだから、利隆君の真似《まね》してそんなに勉強ばっかりする必要はないでしょ。もっと母さんの手伝いでもしたらどう？　仕立て代なんて微々たるものでも、お金を家に入れてくれた方がよっぽど有意義よ』

ごめん、なさい……。

『大丈夫よ、凪。周りのことは気にしなくて良いから、普通にしていなさい。勉強が好きなことは悪いことではないし、知識は生きていくための力になる。……いずれ、ここを出て一人で生きて行く時のために、身につけられるものは、全て身につけておきなさい』

……でも、それで、みんなに迷惑をかけたら。

『気味悪いよな、あいつ』

『成績はいいけど、話しかけてもほとんど答えやしないし。俺達のこと馬鹿にしてるんじゃねえ？』

……違う。

『御坂って言っても、勘当された娘の子だろ。別に俺達が気ぃ遣う必要ねえだろ』

『って言ったって、地主の子だからさあ。下手《へた》に関わってなんかあったら、絶対俺達のせいになるよな。面倒くせえ』

『まあ、関わらないのが一番だろ。親もそうしろって言ってるし』

……ごめんなさい。

『お義母様《かあさま》のご意向だからといって、私は、もう耐えられません！　どうして私が自分の子でもない者のために頭を下げ続けなければならないのですか！』

……ごめんなさい。ごめん、なさい。

『あなたも、親と一緒に——だら、よかったのに』

……ごめ、ん……、な……さ……——。

『この、疫病神……っ！』

「……——っ！」

ぱっと目を開くと、知らぬ間に詰めていた息が零れる。

視界に入ってきたのは、板張りの竿縁《さおぶち》天井。住み慣れた離れに似たそれに、一瞬、自分が眠ってしまっていたのかと錯覚するが、覚醒するにつれすぐに違うことがわかった。

「え……？」

ここは、一体どこなのか。そんな疑問が頭の中に浮かんだ瞬間、視界にひょこりと小さな子供の顔が割り込んできた。

「あ！　起きた！」

嬉しそうな顔でそう言われ、目を見開く。茶色い髪に、同じ色の瞳。五歳か六歳くらいだろうか。頭の両側——普通、耳がある位置よりも高い場所に、薄い茶褐色の狐の耳らしきものがあることから、あやかしだとわかった。

「丙《ひのえ》、丁《ひのと》、凪が起きたよ！」

「雪葉《ゆきは》。そんなに近くで大きな声を出さない。凪が驚く」

「そうだよー。嬉しいのはわかるけど、尻尾《しっぽ》ぱたぱたしないでー。当たるからー」

こちらに乗り上げるようにしていた子供が、一旦身体を引いて、隣の、下の方へ視線を向けて話しかけた。それに合わせて視線を動かすと、子供の隣に並ぶように、小さな――両掌に乗るくらいの子鬼が二人立っていた。黒い髪に赤い瞳の子鬼と、白い髪に赤い瞳の子鬼。その黒い髪の方に見覚えがあり、目を見張る。

「鬼、君……？」

とはいえ、自分が知っている子鬼は、片掌に乗るくらいのサイズだったが。一回りサイズも大きいし、別の子鬼だろうか。そんな疑問がぐるぐると頭の中を駆け巡り、反射的に起き上がろうとした。

「……――っ」

だが、背中を浮かせた途端くらりと視界が回り、力が抜ける。ぽすり、と柔らかなもので身体が受け止められ、ようやく自分がさほど高さのないローベッドに寝かされていることがわかった。

マットレスの心地好い硬さと、身体にかけられた布団《ふとん》の柔らかさ。まるで一流の宿屋にでも来てしまったような感覚に、ここが確実に自分の見知った場所ではないことを理解した。

「急に動かない方が良い。傷は大旦那様が治してくれたけど、しばらく安静に」

「頭の怪我は、怖いからねー。痛くないー？」

　きびきびした話し方と、のんびりした話し方。対照的な二人の声を聞きながら、自分になにが起こったのかをようやく思い出した。

（そうだ、いきなり利隆さんが来て……）

　どう見ても様子がおかしかった。身体に纏わり付いていた黒い靄。あれのせいだろうか。

　そう思い眉を顰めると、からりと障子が開く音がした。

「……ああ、目覚めたか」

　低く、穏やかな男の声。耳慣れない、けれど、どこか懐かしい気がするその声に視線を向け、再び起き上がろうと身体に力を入れた。

「そのままで構わぬ。外傷は治したが、影響がないとは言えぬからな。それに、体力を治癒に回したゆえ、身体もだるいはずだ」

　身体に上手く力が入らないのを見透かしたように、男がそう告げる。

　ひとまずその言葉に甘えることにして、布団の上で力を抜くと、ベッドの傍らに立つ男を見上げた。

「あの……、あ！　狐君は⁉」

ここは、一体どこなのか。そして意識を失った後、一体、なにがあったのか。そう問い掛けようとした瞬間、利隆に押さえつけられていた時に、子狐が壁にぶつかったような音が聞こえたことを思い出した。

「僕は大丈夫！」

すると、凪の顔を覗き込んでいた子供が、嬉しげに手を上げた。だが、その答えに疑問を返す間もなく、黒髪の子鬼が淡々と告げた。

「雪葉、今の姿だと凪はわからない」

「あ、そっか！」

ぱちんと軽く手を打った子供が、「えい！」と小さく声を上げる。すると、瞬きする間に、子供が子狐の姿になっていた。それに、思わず目を見張る。

「狐君？」

「そうだよ！　僕、雪葉っていうの」

子狐姿の雪葉は、凪の枕元に来ると、頰に顔を擦りつけてくる。人間の姿になれることには驚いたが、確かに、狐の耳と尻尾があったなと今更ながら納得した。

「怪我はない？」

「うん。大旦那様がすぐに来てくれたから。凪を守れなくて、ごめんなさい」

少し離れ、しょんぼりした気配を漂わせている雪葉に、大丈夫だよと微笑む。本当なら頭を撫でてあげたかったが、全身のだるさから腕を上げるのも難しかった。

「じゃあ、少し大きくなってるけど、やっぱりそっちの鬼君は……」

「丙。大きさは、自分で変えられる」

「僕は丁だよー。初めましてだねー」

丙の隣で、白髪の子鬼が、にこにこしながら手を上げる。喋《しゃべ》り方も雰囲気も印象が真逆の二人だが、顔立ち自体は似ている気がする。双子かな、と思いつつ見ていると、丙が自分達の隣へ視線を動かした。それにつられて凪も目を向けると、雪葉達と話している間に畳の上に腰を下ろした男の姿があった。

「あ！　あの……」

「もういいか？」

男が、雪葉や、丙、丁に向かってそう声をかけると、三人が揃って「はーい！」と返事をする。そうして、丙と丁が、渋る雪葉を連れて部屋を出て行った。

「騒がしくしてすまぬな。疲れたのなら、また後にしよう」

穏やかな声でそう労《いたわ》ってくれる男に、いえ、と軽くかぶりを振った。雪葉達と話すことで、凪が落ち着くのを静かに待っていてくれたのだろう。目には見えない気遣いに、見知らぬ場所にいることで感じていた緊張感がほんの少し和《やわ》らいだ。

着物姿の男は、ひどく整った容貌をしていた。身長も、恐らく、凪よりも頭一つ分以上は高いだろう。

肩にかかる長さの黒髪は紐で軽く結わえられ、緩やかにだがすっきりと整えられている。そしてなにより印象的なのが、こちらを見る金色の瞳。吸い込まれそうなその瞳の色は、初めて見るはずなのにどこか懐かしい気もした。

ほっそりとした輪郭の中に、切れ長の目や、すっと通った鼻筋、薄い唇などが寸分のずれもなく配置されたといった顔立ちは、静かな表情も相俟って作り物めいてさえ見える。どちらかと言えば、冷淡に見える印象だった。

睨まれれば、きっと、身動きが取れなくなってしまう。けれど今は、無表情ではあるがこちらを心配するような穏やかさが感じられるため、怖くはなかった。

濃いめのグレーの着物に、限りなく黒に近い紫の羽織。裏地には地紋のある鮮やかな赤が使われており、落ち着いた雰囲気の中にも華やかさがある。それらを違和感なく着こなす様も、どこか品があった。

ぱっと見では人間のようだが、多分あやかしなのだろう。

「御坂、凪と言います。あの、ここは一体どこでしょうか」

ようやく当初からの疑問を口にすると、男は軽く頷いた。

「時雨《しぐれ》だ。ここは、あやかしと人間の世界の狭間にある宿、『ゆわい』。今の凪を、あちらに置いておくわけにはいかぬからな。私がここへ連れてきた」

「……──」

一体、どこから聞けばいいのか。困惑が顔に出ていたのか、男──時雨が、ふっと表情を緩めると、一度立ち上がり、凪の枕元近くで再び腰を下ろした。少し距離が近くなり、なんとなくどきりとしてしまう。

なにかを確かめるようにそっと頭を撫でられると、見知らぬ人なのに身構えるでもなくどこか安心してしまう自分が不思議だった。

「痛みは？」

「ありません。……助けて、下さったんですよね？　色々とご迷惑もおかけしたみたいで、本当に申し訳ありません。ありがとうございました」

軽く頭を動かして礼を言うと、いや、と男が目を細めた。ほんのわずかな表情の変化だったが、ふと既視感を覚えて内心で首を傾げる。

（どこかで会ったことがある……？）

「どこまで覚えている？」

「利隆さん──従兄が家に来て、怒鳴られて……、頭を……」

脳裏に蘇った、利隆の常軌を逸したような剣幕に、ふるりと身体が震える。以前から良く思われていなかったのは確かだが、お互い顔を合わせないようにしていたこともあり、直接手を上げられたことはなかったのだ。

「後は、よく覚えていません……」

「いや、十分だ。怖かったな」

言いながら、落ち着かせるように優しく髪を撫でてくれる。その感触が、どうしてか、今は亡き祖母を思い出させ、胸が詰まった。

「利隆さんは……。あの、あれからどうなったんでしょうか」

「……そなたは本当に、人のことばかりだ」

「え？」

溜息とともに手が離れていき、つい名残惜《なごりお》しげに視線で追ってしまう。そうして再び時雨に目を向けたところで、説明が始まった。

「あれは、身体を乗っ取っていたあやかしの力を消滅させると昏倒した。放っておいても、そのうちに目を覚ます。問題は、そなたの方だ」

「あやかしに……？　え、俺……、私、ですか？」

思わぬ言葉の数々に目を見張る。咄嗟に素で返しそうになり、慌てて言い直すと、時雨が「普通に話せば良い」とわずかに口角を上げて苦笑した。

「……覚えておらぬか」

そう告げた時雨がほんの少し寂しそうに見えて、困惑する。だが同時に、やはりどこか懐かしい気がして眉間に皺を寄せた。

（やっぱり、俺、この人のこと、知ってる……？）

けれど、どこで。そう思った瞬間、着物の袖から、時雨の左手首に巻かれているもの――細い組紐を三重に巻いたブレスレットが、垣間見えた。

「……っ！　そ、れ……」

白銀と紫紺、露草色、薄紅。四色で作った、丸源氏組《まるげんじぐみ》。模様が歪《いびつ》なそれは、確かに凪が知っているものだった。

初めて自分の手で作った――、あれは、どうしたのだったか。

『……約束だ』

ふ、と耳元で声が聞こえた気がした。無愛想ではあったけれど、穏やかで、優しい。そう、まさに先ほどから聞いている時雨の声のような……。

「……――っ！」

ずきり、と頭が痛む。思わず目を閉じて顔を顰《しか》めると、大きな掌が、目元を覆ってくれた。

「無理はするな。痛むのなら、眠ってしまえ」

掌から、なにか、温かなものが流れ込んでくる。その感覚に、凪は、思わず目元に乗せられた手を握った。

そう。確かこれは、昔、一度感じたことがある。

「あ……。お、に……の、お兄ちゃん……？」

呟いたそれに、握った時雨の手がぴくりと動く。逡巡《しゅんじゅん》するような間の後、瞼の上からゆっくりと掌が離れていき、触れていた凪の手を軽く握り返す。

「思い出したか」

「小さい頃、会った……？　子狐……、あの、時の……」

今まで、なぜか忘れてしまっていた幼い頃の記憶が次々と蘇り、焦点が合わずぼんやりとする。昔——確か、あれは小学校に通い始める前、五歳か、六歳の頃だ。両親を亡くした事故による怪我と後遺症で凪は入退院を繰り返しており、また、情緒不安定になっていたことから、小学校に通い始めたのはみんなより一年遅れてからだった。特に、事故後間もなくのことは記憶が曖昧で、全てをはっきりと覚えているわけではない。

そんな中で、薄ぼんやりと蘇ったのは、祖母に引き取られた後——一人で、裏の森に入った時のことだった。

「ああ。大きくなった」

柔らかく握られた手に、ああ、と身体の力を抜く。この感触は覚えがあった。記憶の中で、労るように触れてくれた男の人の手。

凪の混乱が収まったのがわかったのだろう。握っていた手を、冷えないようにそっと布団の中に戻してくれた。そうして、穏やかに語り聞かせてくれる。

「凪の血と力は、あやかしを惹きつける。その身を取り込めば、あやかしの力となるからな」

「……――」

目を見張った凪の額に、軽く時雨の指が触れた。

「あの日、その血と力を封じあやかしから隠しはした。だが、人の身に対する術は、その者の節目の年に必ず一度解けてしまう。凪の場合は、それが二十歳《はたち》だ」

「二十歳……」

後、約一年。なにから驚いていいのかもわからない状態で呟けば、時雨がさらに続けた。

「今も、術は少しずつ綻《ほころ》びかけている。あやかしが直接手を出すことはできぬが、狡猾《こうかつ》な者は先のように周囲の者を操り凪の血を手に入れようとするだろう」

甘い匂いがする。

あやかし達が呟いていたあれは、自分のことだったのか。ぞわりと肌《はだ》が粟立《あわだ》ち、思わず布団の中で二の腕をさすった。

「……――」

自覚のない力を、自分の意思でどうこうできるのだろうか。時雨の言葉は、要するに、凪がいるだけで周囲に迷惑をかけてしまう、ということを意味している。このまま帰っても、再び同じ――さらに手に負えない状態になるかもしれない。

（かといって、この人達になにかをお願いするのも違う……）

時雨には、昔も含めて、すでに二度助けてもらっている。これ以上、なにかを頼める筋合いではなかった。

とはいえ、解決策が思い浮かぶわけでもない。起き上がれるようになったらすぐに戻るのは当然として、後はあやかしから逃げ回るなりどうにかするしかないだろう。

二十歳になるまでは、術がかかっているという。ならば、一旦引っ越し先に移り、すぐに動けるようにしておくしかない。

「あ！　すみません、あれから、どのくらい時間が……？　引っ越しの予定があるので、早く戻らないと」

そう言って、今度はゆっくりと起き上がってみると、少し回復してきたのか上半身を起こすことはできた。多少、頭がくらくらとしていたが、話すだけなら問題はない。

そんな凪の体調を慮《おもんぱか》ったように、時雨がそっと背中に手を回して支えてくれる。

「……凪は、あちらに戻りたい場所があるか？」

「え？」

思わず顔を上げると、予想よりも近い位置に時雨の顔があり、どきりとする。

「凪の祖母が亡くなったことも、一人で暮らしていたことも、雪葉達を通して聞いている。どうしても戻りたい場所が、あちらにあるか？」

真《ま》っ直《す》ぐにこちらを見つめる金色の瞳に、視線が縫い止められる。どうしてか、どきどきする鼓動に困惑を覚えながら、凪は、ゆっくりと震える唇を開いた。

「それ、は……」

両親も、祖母も、もうこの世にはいない。祖母との約束も果たし、ともに暮らした家も、出なければならない。未来のことすらあやふやな今、戻りたい場所、と聞かれても思いつくところはなかった。

「ともに在りたい者も、戻りたい場所もないのなら……」

すっと、時雨の顔が近づいてくる。目を逸らせないまま、硬直したようにそれを見つめていると、額に柔らかなものが軽く触れた。温かなそれが、時雨の唇だと思い至った時には、その感触は離れて行き再び時雨の瞳に縫い止められた。

「あの日の約束を果たし、そなたを伴侶として迎え入れよう」

◇◇◇

覚えているのは、強い痛みと、不安、そしてひどく温かな感覚。

四歳の頃、両親と乗っていた車が事故に巻き込まれ、凪は右足にひどい怪我を負った。幸い、子供だったこともあり、手術をすれば日常生活に困らない程度までは治るという診断で、引き取られた伯父宅の離れで祖母とともに暮らしつつ、近くの街にある大学病院で入退院を繰り返すという生活を送っていた。

そしてそれは、そんな中での出来事だった。

事故から、一年半ほどが経った頃だろうか。幼いながらに、両親の死と伯父達との関係、そして自分の立場などは理解しており、伯父達や祖母に迷惑をかけないようにと、必死に『いい子』でいようとしていた。

必要最低限以外、できるだけ家の中から出ないようにし、祖母から色々なことを教えてもらう。そんな日々だった。

和裁と組紐を祖母から習い、本を見ながら洋裁を覚えた。元々、手先が器用だったのと、細かい作業が性に合っていたらしく、幼いながらもみるみる技術を覚えていった。

祖母も、当初は時間を持て余すくらいなら暇つぶしに、と教えてみたのだろうが、予想外に凪がのめり込んだため、将来役に立つ技術の一つとして自分の持つ知識を丁寧に教え込んでくれた。

そんなある時、祖母が仕事で遠方へ出かけて数日家を空けることになった。凪は本宅から家政婦が掃除に来る間、離れの裏にある森の中に隠れていた。幼い凪を一人で家に残すことに不安を覚えた祖母は、本宅の方に泊まらせようとしたが、凪がそれに頷かなかったのだ。伯父達に、これ以上自分のことで手間をかけさせたくなかったというのもある。

そもそも離れ自体が敷地内で、不用意に人が入ってくる場所ではない。一人で大丈夫と言い張る凪を一人にしたくない祖母と、数日といえど本宅に凪を置くことを良しとしなかった伯父達との間で、家政婦が食事の支度《したく》や掃除のついでに様子を見るという話で落ち着いたのだ。

裏の森は、人が歩けるように作られた道もあり、凪が散歩するのにちょうど良い場所で、道から逸れないことと奥の方へは行かないという約束で祖母も入ることを許してくれていた。

さわさわと響く葉擦れの音を聞き、木々の間から差し込む太陽の光と影が描く模様を眺めながら歩くのが、凪は好きだった。

そうして、道々に落ちているどんぐりや木の実を拾いながら歩いている時、か細い鳴き声が聞こえ、慌ててそちらの方へ向かったのだ。

「きつねさん？」

そこにいたのは、身を小さく丸めて震える子狐だった。傍にしゃがんで見ても怪我はしていないようで、ほっとする。

「だいじょうぶ？」

声をかけながら、そっと背中を撫でると、少しごわごわとした毛の感触がした。

「きゅ！　きゅーっ！」

身体を震わせたまま、なにかに怯《おび》えるように鳴く子狐を前に、どうしようかと困惑する。放っていってなにかあったらと気になるし、野生の動物を家に連れていくわけにもいかない。少し迷い、場所を移すだけなら、と子狐に声をかけた。

「おうちはどこ？　このちかく……」

「きゅっ！」

その瞬間、子狐の毛がぶわりと広がり、同時に、近くからがさがさと激しい葉擦れの音が聞こえる。なにかが近づいてくる。本能的にそう感じ、咄嗟に子狐を腕に抱いて音から逃げるように右足を引き摺りながら走った。

怪我のため本来走ってはいけないと言われている上に、踏み固められた道があるとはいえ歩きにくい森の中だ。早歩き程度のスピードしか出ず、がさがさという音がすぐ傍までくると、なにかが足首に巻き付いた勢いでその場に転んだ。どうにか身体を横に向け、子狐を押し潰すことだけは避け、けれど地面に叩きつけられた衝撃で、身体をすぐに起こすことはできなかった。

『……見つけ、た。甘い、匂い。餌。みつ、けた』

必死に上半身を起こして背後を見ると、そこには、自分の背丈の倍ほどもある黒い靄の塊があった。

「ひ……っ！」

それが良くないものだということは、すぐにわかった。腕に抱いた子狐は、意識を失ったのか、ぴくりともしない。とにかく、子狐を逃がさなければ。そんな思いとともに、震える足を叱咤《しった》して立ち上がると、再び逃げようと背中を向けた。

「……っ！」

だが、次の瞬間、背中に強い衝撃が走る。一瞬視界が暗転し、気がついた時には目の前に地面があった。自分が背中を切られ血溜《ちだ》まりの中に倒れていることもわからず、ただ、身体中に走る痛みから、もう動けないということだけは悟った。

『ああ、甘い。甘い、血だ……。もっと、もっと欲しい……』

先ほどよりも滑らかになった言葉が聞こえてくる。あれに捕まれば、きっと子狐も食べられてしまう。どうにか、この子だけは。

（だれか、たすけて……）

祈るように必死に、そう心の中で呟く。自分は、いなくなっても誰も困らない。祖母はきっと悲しむだろうが、凪がいても迷惑をかけるだけだ。

だけど、この子は。親のところに返してあげたい。

だから、お願い。誰か、この子を……――。

ほとんど失いかけた意識の中で、目の前に現れた誰かに子狐を頼んだことも、凪は覚えてはいなかった。


ふ、と目を覚ました時、幼い凪は一瞬自分がどこにいるのかわからなかった。

ただ、身体がひどくぽかぽかとしていて、心地がよかった。そうして、視界に見知った森が映った時、ようやく誰かに抱きかかえられていることに気づいた。

「……え？」

慌てて身動《みじろ》ぎすると、それをやんわりと止めるように大きな掌で腕を押さえられた。

「まだ動かぬ方が良い。あやかしにつけられた傷は塞いだが、流れた血は戻らぬからな」

頭上から聞こえてきた低く穏やかな声に顔を上げると、近い場所に綺麗な顔立ちの男の姿があった。大人《おとな》数人で腕を回してやっと囲むことができるほどの大木の根本で腰を下ろした着物姿の男の膝《ひざ》の上で横抱きにされ、腕の中に抱きかかえられているのだと、ようやく自分の状態を理解した。

「あの、ここは？　ぼく、どうして……」

困惑したまま、目を覚ます前のことを思い出そうとして、ひゅっと反射的に息を呑《の》んだ。

黒い靄。強い衝撃。激しい痛み。それらが、頭の中で事故の時の光景と交錯し、強い混乱と恐怖を呼び起こす。

「……――っ！」

だが、我知らず悲鳴を上げようとした瞬間、大きな掌が目元を塞いだ。

「忘れろ」

淡々とした、けれど強いその声に、一瞬息が止まる。同時に、猛烈な眠気に襲われ、ほんのわずか意識が暗転した。

「……あ、れ？」

だがすぐに意識がはっきりすると、自分が抱えていた子狐の存在を思い出す。先ほどまでの恐慌はすでに治まっており、自分が強い恐怖を感じていたことは、不自然なほど綺麗に忘れていた。

「きつねさん……」

そういえば、と辺りをきょろきょろと見回すが、子狐の姿はない。

「狐は、家に戻した。心配ない。お前も、もう少し休んだら送ってやろう」

「ありがとうございます……。でも、ぼくは、だいじょうぶ、です」

子狐は無事だと聞き、ほっと胸を撫で下ろす。そうして、動けさえすれば自分で帰れるからと後半の言葉は固辞した。

「人の世での傷は、軽いものならばともかく、大きなものは治せぬからな」

男の言葉の意味を理解し損ね、首を傾げる。不思議に思ったその表情に、男が、凪の足に視線を向けた。

「今の状態では足が痛んで歩けぬだろう。無理をすれば、治りが悪くなる」

「あ……」

男の視線につられるように自分の右足を見れば、怪我をしたところが明らかに腫れていた。

そうして、結局誰かに迷惑をかけていることに、肩を落としてしまう。

「どうした」

「……ぼくは、みんなにめいわくをかけてばかりなので。おばあちゃんにも、おじさんたちにも」

「子は、大人に面倒をかける生き物だろう」

男の言う大人は、両親のことだろう。けれど凪にはもう、両親はいない。

「おとうさんも、おかあさんもいなくなったので、ほんとうはめんどうをみなくてもいい、おばあちゃんやおじさんたちがみてくれています。あしも、けがしてるし、へんなものが、みえるから……」

やっかいもの。そう、何度も言われた。言葉の意味はよくわからないけれど、伯父達にとって凪が「いらないもの」であることはひしひしと伝わってきた。

「へんなもの？」

「おばあちゃんは、あやかし、っていってました」

「ああ……」

納得したような男の声に、思わず顔を上げる。すると、男が空いた方の手をぽんと凪の頭に軽く乗せた。

「俺もあの狐も、その『へんなもの』だ」

「あやかし……さん？」

「ああ」

「ひと、みたいなのに？」

「鬼は、人の姿を取るものが多い」

「おに……」

「怖いか？」

眼差しを鋭くし酷薄な笑みを浮かべた男に、幾らか考えながら首を傾げ、ふるふるとかぶりを振った。

「おにいさんもあのこも、こわくないです。おにいさんは、あのこも、ぼくもたすけてくれました。いまも、こうしてまもってくれているから……」

無表情、と言っていいほど表情が変わらないが、こちらにかける声は終始穏やかで、眦《まなじり》の鋭さにも怖さは感じない。

そう思いつつ、先ほどあやかしに襲われた場面や、そのあやかしにつけられた傷が綺麗に治っていることを『忘れている』のに、凪は自分でも気づいていない。

表情は変わらないまでも、『まもってくれている』と告げた凪に、わずかに男の気配が変化したような気がした。そうして、再びゆっくりとした口調で問う。

「そなたは、なにゆえ逃げずに狐の子を助けた？」

「……？　だれかが、こまっていたら、たすけてあげなさいって。おばあちゃんが、そういってました」

「自分の身が危険でも？　それが、狐の子を優先した理由か？」

「……――ええと？　ぼくは、やっかいものだから、いなくなっても、だれもこまらないけど、あのこは、おとうさんとおかあさんが、かなしむかもしれないから」

男の質問がよくわからなかったものの、思ったままを言葉にすれば、そこで初めて男の表情が変わった。うっすらと眉間に皺が寄り、不機嫌になったのだとわかる。

「あ……、ごめん、なさい」

怒らせてしまった。そう思い、男の腕の中で身を縮めると、男の腕がぴくりと動いた。そうして、ふ、と頭上で小さな溜息が響いた。

「謝る必要はない。そなたの周囲は、どうにも口さがない者が多いようだ」

独り言のようにそう呟いた男は、再び感情のない表情でこちらを見下ろした。

「……そなたの血と力は、こちらの世と相容《あいい》れるものではない。恐らく、成長すればさらに生きづらくなるだろう」

淡々と告げられるそれに、凪はじっと男の瞳を見つめる。言われている内容はわからないものの、大切なことを言われていることだけはわかった。

「こちらの世に大切なものはあるか？」

「おばあちゃん」

すんなりと答えたそれに、そうか、とほんのわずか男の表情が緩む。

「ならばいずれ、こちらに未練がなくなった時には、私のもとに来て暮らすといい」

「おにいさんのところに……？」

「ああ。そなたなら、私の伴侶として迎えよう」

「はんりょ……？」

お嫁《よめ》さん、お婿《むこ》さん、という言葉は知っていた凪だが、伴侶という言葉がそれらを指すとは知る由《よし》もなく首を傾げてしまう。それにちらりと苦笑した男が、言い換えてくれる。

「ともに生きる家族になる、ということだ」

「おにいさんが、ぼくのかぞくになってくれるの？」

「ああ。……そなたが、変わっていなければな」

「うん！　ありがとう！」

祖母以外にそう言ってくれた人は初めてで、嬉しさのまま笑みを浮かべる。すると、驚いたように目を見張った男が、凪につられたように、初めてはっきりとした優しい笑みを浮かべた。

「約束だ」

「うん！　やくそく！」

小指を絡ませあったそれに、今までにないくらい胸が温かくなる。いつかの、果たされるかもわからない約束ではあったが、凪にとっては大切なものであった。

「あ、そうだ」

ふと思い出し、穿《は》いていたズボンの後ろのポケットを探る。そうして目的のものを引っ張り出すと、汚れていないことを確認して男に差し出した。

「これ、あげます」

「ん？」

握ったそれは、細めの紐。数日前に、凪が初めて祖母の手を借りずに作った組紐だった。自分一人で作り上げた嬉しさにずっと持ち歩いていたのだが、後ろのポケットに入れていたのが幸いしたのか、ほつれも汚れもしていなかった。

「組紐か。そなたが作ったのか？」

「うん。おしえてもらったの。たすけてもらった、おれいです」

自分に返せるものは、なにもないから。そう呟いた凪の手から、男は組紐を受け取ってくれる。丁寧な手つきで紐を畳み、懐《ふところ》に入れた。

「ありがたく受け取っておこう。次に会う時の、証《あかし》として」

「また、あえる？」

次に、と言われ、期待に胸を高鳴らせる。すると、男は優しい表情のまま、凪の目元を隠すように掌を置いた。

「ああ。……時が来れば、必ず」

だから、今は眠れ。そんな呟きの後、凪の意識は、すとんと暗闇の中に落ちた。

◇◇◇

静まり返った和室の中で、時雨は、ほっそりとした背中に添えていた手をそっと離した。

同じ年頃の青年の中でも、体格はかなり華奢な方だろう。あやかしである自分達から見れば、なおさら、少し力を入れて触れるだけで折れてしまいそうなほどだ。

「約、束……？」

茫然《ぼうぜん》と呟く、まだ顔色の良くない凪の肩を促すように押して、再び布団の中に戻らせる。

記憶の中にある言葉を探しているのか、疲れによる眠気が襲ってきたのか、いささか目の焦点が合っていない。

「……家族に、なる……？」

ぼんやりとしたまま言葉を継ぐ凪に、ふっと微笑みながら「そうだ」と囁《ささや》く。

「私の、伴侶としてな」

「はん、りょ……」

無意識のように呟いている姿に、今は、考えるのもこれが限界だろうとそっと瞼の上に掌を置いた。

「まずは、動けるようになるまで、ゆっくり休むといい。後のことは、それから考えても遅くはない」

あえて話を逸らすように時雨がそう告げると、再び布団に身を沈めた凪は、困惑した気配をさせながらもこくりと頷いた。掌の下で、瞼を伏せる感触がする。

「……すみ、ませ……。少しの間、お世話に……、なります」

「謝る必要はない」

凪をここに連れてきたのも、引き留めているのも、こちらが勝手にしていることだ。言外にそう告げれば、凪が、ふと微笑むように口元を緩めた。

「……昔も、そう言って……くれまし、た」

「そうだったか？　なんにせよ、不用意に頭を下げるな、ということだ。あやかし相手には、特に」

昔も、今も、凪は人の手を借りることをひどく気にしている。――人からの好意に怯えている、と言っても過言ではない。

(好意自体というよりは、それを失うことに、か)

すうすうと聞こえ始めた規則正しい寝息に、瞼を覆っていた掌をどける。眠っている姿はあどけなく、幼い頃の姿を彷彿《ほうふつ》とさせた。それだけに、普段の気を張ったような強張った表情が痛々しく映る。

少しの間寝顔を眺めた後、音を立てないよう立ち上がると部屋を後にする。軽く息を吐き、凪の前で見せていた穏やかさを消し去ると、そのまま廊下を歩いていく。

「大旦那様」

様子を見に来たのだろう。前から歩いてくる、時雨よりやや大柄な男——烏天狗《からすてんぐ》である総二郎《そうじろう》の姿に足を止めた。

濃茶の髪を清潔感のあるすっきりとした短髪に整え、砂色の着物と同色の羽織に身を包んだ総二郎は、時雨に次ぐ力を持ち、長年この『ゆわい』の番頭を勤めている。先代の頃からいる古株の従業員であり、時雨が留守にする際はこの宿の責任者も任せていた。

自らの一族があやかしの中でも最強でなければならない、という強さに固執する傾向にある烏天狗の中で、他との争いを好まないその性格ゆえ、一族との縁を切りこの『ゆわい』に勤め始めたという、多少変わった経歴の持ち主でもある。

「総二郎、部屋の準備は？」

「すでに整えております。大旦那様のお部屋の隣に」

「手間をかけるが、あちらの荷物も部屋に運び込んでおいてくれるか。丙を連れて行けばわかるだろう」

「承知致しました」

軽く頭を下げた総二郎に頷くと、顔を上げた総二郎がにこりと愛想良く微笑む。

「無事にお迎えできて、ようございましたね」

「無事に、か。まあ、まだ本人が頷いてはおらぬが」

「……が、断らせる気はないでしょう」

くすくすと楽しそうに笑う総二郎から、ふいと視線を逸らす。

「あちらに未練がないのなら、ここで守る方が良い」

「大旦那様のご伴侶がようやくやって来たと、皆、そわそわしています。先様の体調が良くなったらちゃんとお披露目してくださいね」

「……――」

「大旦那様？」

にこりと、一見優しげな、けれど圧をかける笑みに変えた総二郎に、溜息をつく。

「……だが」

「時雨様」

「……わかった。凪の体調が良くなって、ここにいることを了承したら、だ」

渋々頷くと、圧を収めた総二郎が、思わずといったふうに苦笑する。

「可愛《かわい》いからって皆の前に出すのを渋っても、あの子が居場所を作れなくて苦労するだけです。ここに来られる者なら、そうそう怯えることもないでしょう。この宿の者は、皆、大旦那様を信頼していますし——幸せになって頂きたいと思っておりますよ」

「面倒をかける」

「いえ。準備はこちらで進めておきますので、ご安心下さい」

再び人当たりの良い笑みを浮かべた総二郎が、一礼して踵を返す。その後ろ姿を見送り、時雨は自身の部屋へと足を向けた。

あやかしと人間の世界の狭間にある宿、『ゆわい』。ここでは、先代店主と、後を継いだ時雨が認めたあやかしの従業員のみが働いている。

先代から引き継ぐ際に辞めていった者も幾らかいるが、主立った者は長年ここで勤めており、昔からこの宿に出入りしていた時雨のことも後継者としてすんなりと受け入れてくれた。

そもそも、あやかしは自身よりも力の強い者、有能な者には従う傾向がある。性格の相性などよりそちらの方が重要視されるため、時雨がここへ来た時も摩擦が少なかったと言える。

時雨は十数年前まで、鬼の一族の頭領として、あやかしの世界で暮らしていた。

一族の中でも圧倒的な力を有していた時雨は、長年頭領として鬼達を取りまとめていたものの、ある出来事をきっかけに頭領の座を弟へ渡し、この宿へ隠居した。

そのこと自体に、後悔はない。むしろ、次代として年の離れた弟が育ってきたところでもあったため、ちょうどいい機会であったと思っている。

時雨は、生まれた時から周囲の鬼達より抜きん出て強い力を持っていたため、通常より早い時期に先代から頭領の座を明け渡された。それから長い年月、一族の者を取りまとめてきたが、そろそろ後進に譲ろうと考えていたのだ。

（あそこで凪に会ったのは、偶然だったのか……）

十数年前のあの日、時雨はふと思い立ち古い友人の墓を訪ねるためにあちらを訪れた。

人間の友人。あやかしの中には、人間を見下している者や嫌悪している者も多いが、昔から『ゆわい』を訪れていた時雨にとっては、人間もまた身近な存在であった。

特別好意的なわけではないが、嫌悪感もない。力を第一とするあやかしとは違い、互いの相性を第一とする生き物。縁があれば、関わることもあるだろう。そういう認識の存在であり、実際に『ゆわい』で出会い、その性格の豪胆さと面白さから友人となった者もいた。

人間にしては珍しいほど強い力を持ったその男は、圧倒的な力を持つ鬼である時雨にも物《もの》怖《お》じせず、会えば互いに友人として振る舞っていた。

だが、あやかしと人間の寿命は異なる。流れる時間も異なるため、友人は遙か昔に亡くなった。それを寂しく思いつつ、時折、友人の墓に足を向けたりその血を引く者の様子を見に行くことが、時雨の長い人生の中の暇つぶしの一つだった。

直近の子孫で、友人の資質を最も濃く引き継いでいたのは、凪の祖母に当たる女性だった。代を重ねるごとに血は薄まり、彼女の傍近くに住む血縁の人間達に友人の資質は引き継がれておらず、自分がここに様子を見に来るのはここまでかと思っていた矢先のことだった。

『この、子……』

助けて、と。

森の中であやかしに傷つけられ、血溜まりの中に倒れ臥《ふ》していた、幼い子供。

最後の力を振り絞り、音にならない声でそう呟いたその言葉は、自身の命のために助けを求めるものではなく、頼りない腕に抱いた狐のあやかしのためのものだった。

その血と、力。それは、紛れもなく亡き友人と同質のもので。

さらに、どこか懐かしい面影を宿す容貌に、時雨は、迷いなく幼子——凪を襲っていたあやかしを消滅させた。

すでに力尽きたように目を閉じていた凪は、それでも、子狐を守るように腕に抱いており、自分の命が尽きようとしている最後の時まで誰かのために願う、そんなことがこの年でできてしまうことに、空恐ろしさすら感じた。

『いつか、私の子供達の誰かが、また君と出会い楽しく語らえるといいな』

楽しげにそう告げた友人の言葉が、ふと、耳に蘇る。

（ああ、これはお前が繋いだ『縁』だろうか……）

そうして時雨は、消えかけている凪の命を繋ぎ止めるように、一族の禁を破り——人に、自らの力を分け与えたのだった。

「兄上！」

時雨の私室である十二畳ほどの和室の引き戸が、勢いよく開かれる。仕事用の書机の前で、総二郎から渡された決済書に目を通していた時雨は、そちらには目を向けないまま、決済印を押していく。

「兄上！」

どかどかという荒い足音の後、目の前に濃紺の着流し姿の男が腰を下ろす。そこでようやく視線を上げると、時雨は目を眇めた。

「騒がしい。仕事中だ」

「仕事中でなくとも、兄上はいつもそうではありませんか！」

「こんなところに入り浸る時間があるなら、お前も帰って仕事をしろ。いい加減、頭領としての自覚を持て、奏矢《そうや》」

淡々と告げると、書机を挟んで正面に座った男——鬼の一族の現頭領であり、時雨の弟でもある奏矢は、ぐっと言葉に詰まったような表情とともに眉間に皺を寄せた。

黒髪に、赤い瞳の鬼である奏矢は、時雨と同じほどの身長だが、体格はわずかに勝っている。頭領としては申し分のない力を持っており、時雨が退いた今、鬼の一族の中でも随一と言えるだろう。

それでも、長年頭領を務めてきた時雨の姿を見ていたせいか、どうにも、自分が頭領に選ばれたことに納得がいかないらしい。

「……兄上が、こんな場所に封じられた原因が、来ているそうではないですか」

「奏矢」

低く、噛《か》みつきそうな声で呟いた奏矢を咎《とが》めるように名を呼ぶ。だが、それに反発するように奏矢はさらに続けた。

「人の世に必要以上に干渉することは、あやかしの世で禁じられている。兄上がお止めになるからこそ、これまで堪えてきました。ですが……っ」

「奏矢」

「兄上のお力は、人間ごときには過ぎたものです！　ここまで生かしてやったのなら、十分ではないですか！　兄上自ら殺し、力を取り戻す……そのつもりでここへ連れてきたのでしょう⁉」

「……――黙れ」

「……っ！」

さらに低く、反論を許さぬ強さで告げれば、奏矢が顔色をなくし口を閉じる。

ゆらり、と瞳に怒りを込めて睨みつけると、悔しげに唇を噛んだ奏矢が続けた。

「我ら一族の頭領は、兄上であるべきです。なのに、なぜ……」

「それは、私の判断ではなく、古老達の総意で決まったことだ。今更、なぜもなにもない。今の頭領はお前だ、奏矢」

「ですが……っ」

「いい加減にしろ。でなければ、この部屋だけでなく『ゆわい』への立ち入りを禁ずる」

「……──っ」

『ゆわい』も、その奥にある時雨のこの私室も、特殊な術が施してあり、店主である時雨が許可した者しか立ち入れないようになっている。

『ゆわい』自体、そもそも招かれざる者は立ち入れない──存在を認識することすらできないが、中で騒動を起こした者については、あやかしでも人でも、問答無用で吐き出され二度と入れぬようになることとはあった。

また同様に、この私室も、従業員のごく一部と限られた者しか入ることができない。今、奏矢がこうして遠慮なく立ち入ることが出来ているのは、時雨が許しているからだ。

膝の上で悔しげに拳を握りしめる奏矢に、溜息をつく。

「そなたが私を心配していることはわかっているが、これは私自身が決めたこと。どのみち、そなたが育てば頭領の座を譲る気でいた。その時期が来た、というだけで、それ以上でも以下でもない。なにがあろうと、私が頭領に戻ることはない」

「ですが、それはもっと先の……」

「くどい。言うておくが、凪に近づくことは許さぬ。万が一にでも危害を加えるようなことがあれば、たとえ相手がそなたであろうと容赦はせぬぞ」

瞳に力を込め睨みつければ、奏矢が悔しげに顔を歪《ゆが》めつつも「わかっています」と告げる。

「どのみち、兄上が、あいつを食わなければ意味がありませんから……」

頑是ない子供のような弟の態度に、どうしたものかと溜息をつく。昔から、自分を尊敬し懐いてきてはいたが、ここまでになるとは思わなかった。

(少し、甘くしすぎたか……)

今現在、鬼の一族の中で最も力があり、頭領として申し分のない実力と才覚を有してはいるものの、この弟は自分に憧憬を抱きすぎて目が曇ってしまっている。

今はまだ、頭領としての務めはきちんと果たし問題を起こしてはいないが、この調子では、いずれ一族の者から不満が出る恐れもある。

(私と奏矢では、在り方が違うだけだというに)

自分と同じように一族をまとめなければならないわけではない。それを、この弟はわかっていない――いや、わかろうとしないのだ。

凪とのことは、時雨にとって良い機会でもあった。

「だからこその……縁、なのだろうな」

「兄上？」

「いや。……まあいい、用がそれだけなら、早《はよ》う戻れ。鈴波《すずは》が迎えに来たぞ」

「げ！」

慌てたように立ち上がった奏矢が、「また来ます！」と口早に告げて立ち去っていく。どのみち正面からでなければ出入りできない以上、ああやって逃げようとしたところで捕まりに行っているだけだと、なぜ気づかないのか。

「総二郎、夏乃《なつの》」

「はい。お呼びですか、大旦那様」

静かになった部屋でぽつりと呟くと、わずかの間の後、からりと引き戸が開く。この宿の中には、時雨の力が張り巡らされている。基本的に、従業員達には声をかければどこからでも伝わるようになっていた。

先に部屋に入ってきた総二郎の後に、桃色の上品な着物を身に纏った女性――猫魈《ねこしょう》でありこの宿の若女将を務める夏乃が続く。肩までの薄い茶色の髪をさらりと揺らし、やや目尻の下がった人懐こい瞳を笑みの形にして、入口近くに総二郎と並んで座った。

「仕事中にすまぬな」

「いいえぇ。大旦那様の一大事ですもの。お気になさらず」

くすくすと袖口で口元を隠して笑う夏乃に、総二郎が苦笑しつつも窘《たしな》めるように「やめなさい」と告げる。

どうやら、騒々しく奏矢が出て行ったことで、なぜ呼ばれたか見通されているらしい。こほん、と多少の気まずさを誤魔化しながら、先を続けた。

「私が見ていてやれない間、凪に気をつけてやってくれ。丙と丁をつけておくゆえ、滅多なことはないと思うが、奏矢が馬鹿なことをせぬとも限らぬからな……」

「承知致しました。あの子の血の匂いも力も、この宿の中であればさほど影響は出ないでしょうから。私の目の届かないだろうところは、夏乃が」

「お任せ下さいな。大旦那様の大切な御方ですもの。よほどあちらの性格が悪くない限り、大切におもてなしさせて頂きます」

総二郎と、夏乃の歯に衣着せぬ物言いに、くすりと笑いを漏らしてしまう。

「大旦那様？」

「ああ、いや。恐らく、動けるようになれば働きたいと言い出すだろうから、出来る仕事があればやらせてやって欲しい」

「……そうなんですか？」

目を丸くした夏乃に、ああ、と頷く。

「大人しく人の世話になれる性格ではないからな、あれは。そなた達の邪魔にならない程度で構わぬ。どのみち、立ち仕事は難しいだろうからな」

「あらあら、まあまあ」

ますます目を丸くし、そう呟いた夏乃が、再び口元を袖で隠しにんまりと楽しげに笑った。

「さすが、長年ストーカーのごとく見守ってきただけのことはありますわね」

「こらこら、夏乃。本当のことでもそれは言っては駄目だよ」

「あら。だって、雪葉の純粋な気持ちを利用して、丙を使って覗き見してたわけでしょう？

あちらの世では、立派な犯罪よ？」

「……覗いてはいない。危険がないか、周囲の気配を探っていただけだ」

「丙と視界を同じくできる丁を通じて見ていれば、一緒ですよ」

すかさず夏乃に反論をたたき落とされ、ぐ、と言葉が詰まる。

「まあまあ。あの子の力も特殊だから、幾ら術をかけているとはいえ大旦那様も心配だったんだよ。現に、丙がいたからこそ助けられたんだし。――まあ、格好つけずにさっさと迎えに行っておけば、騒動も起きなかったかもしれないけど」

遠慮のない夏乃と、フォローしているようでしていない総二郎。二人とは、時雨が後を継ぐ前からの付き合いのため、仕事上での線引きはしていても、基本的に遠慮と容赦がない。

溜息一つで二人の言葉を止めると、一言、頼むと告げた。

「はい」

一瞬前までの雰囲気を消し、ぴしりと背筋を伸ばした二人が、軽く頭を下げる。そうして仕事に戻るその背を見送ると、和室の外、整えられた庭に視線をやった。

『ゆわい』はあやかしと人間の世界の狭間にある場所。昼と夜の境――宵闇にのみ訪れることができる宿であり、あやかし達からは宵闇の宿とも呼ばれている。

ここは、本来季節や天気などとは無縁だが、四季として春夏秋冬、そして天気は、晴れ、曇り、雨を擬似的に作っている。

今、この宿は春。そして小雨の空模様で、雪見障子の向こうに見える庭は、ぱらぱらと降る雨にしっとりと濡れていた。時折、木の葉から落ちる雫が、地植えの椿《つばき》の葉を揺らし、静かな世界にかすかな動きをもたらしている。

(見守っていた、か)

幼い凪を助けた後、本当なら、術が解けるだろう二十歳まで関わるつもりはなかった。

変わっていなければ、伴侶に迎える。そうは言ったが、人もあやかしも年月を重ねれば変わる。あの真っ直ぐな瞳も経験を重ね、曇ってしまわぬはずがないと思っていた。

人の世での十数年。寿命の長いあやかしにとっては、さほど長い年月でもない。時雨の力で生きながらえた凪が、どのように成長するか。与えた力を取り戻すのか、人の世界での人生を全《まっと》うさせてやるのか――伴侶として迎えるのか。それは、二十歳になった凪次第だと、そう思っていたのだ。

けれど、凪が助けた子狐――雪葉が、助けてくれた人に会いに行きたいと言い出したことで、状況が変わった。

子狐姿のままであること。言葉を封じ、名を明かさず明確な意思の疎通を図れなくすること。深く関わりすぎないこと。

それらの条件を承諾させ、またなにかあった場合の護衛兼お目付役《めつけやく》として、子鬼——丙と丁を時雨の力で作り、丙を連れて行くことを条件に許した。

丙と丁は、二人で一対であり、丙がいる場所の様子を丁を通して見ることができるのだ。

そうして雪葉がたちまち凪に懐き、遊びに行きたいと何度も駄々をこね——結果、数ヶ月に一度程度、短時間ならばと許してしまった。

『大旦那様、今日も、凪に遊んでもらったの！』

帰ってきては、嬉しそうにそう報告する雪葉の話と、丙と丁を通して頭の中に直接映像として送り込まれてくる光景。

凪はいつも、子供らしからぬほど静かで、穏やかで、そして人のことばかりだった。

祖母や雪葉達の傍で、どこか自信がなさそうに、けれど優しく笑うことを忘れない。心配をかけたくないのだろうと、その表情ですぐにわかった。

凪の祖母が亡くなった時は、すぐに迎えに行こうかとも思った。

『おばあちゃん』

人の世界にある大切なもの。その問いに、凪はたった一つ、そう答えたから。

けれど丙達を通して、高校をきちんと卒業すると祖母と約束したと知り、ならばそれを果たせてやろうと決めた。

不思議なことに、凪の性質は、成長しても全く変わらなかった。祖母が亡くなってからは特に、身内からすらも煙たがられていたというのに、その身内を恨む素振りすらない。

ただひたすら、迷惑をかけていることを申し訳なく思い、ここまで育ててくれたことを感謝している。

傷ついたら、怒って良い。自分を優先することは、悪いことではない。

何度、そう言ってやりたくなったことだろう。

そうして見守っているうちに、自分が、友人の子孫ではなく——凪自身に興味を引かれていることに気づいた。

あの、寂しそうな笑みを、憂いのないものに変えてやりたい。誰よりも凪を甘やかし、心の底から笑わせてやりたい。

そう、思うようになっている自分に気づいたのだ。

「凪……」

再び言葉を交わして、わかった。

凪の本質は、あの子供の頃からなにも変わっていない。

強さも、脆《もろ》さも、危うさも、全て。約束を交わしたあの頃から、なにひとつ。

伴侶として、生涯傍に……――。

その気持ちが、すでに単なる庇護欲でないことは、自身が一番よくわかっている。

とはいえ、凪の意思に反して時雨のもとに縛り付けることは、本意ではない。

恐らく、時雨が凪にしたこと――それがもたらした結果や解決方法を知れば、凪は迷いなく伴侶になると言うだろう。

けれど、それでは意味がない。凪の人生の中で、理不尽な周囲が時雨に置き換わるだけのことだ。

心も、身体も。全てを手に入れなければ、意味がない。

「……まずは、ここにいることを選んでもらわなければな」

幸せにしてやりたい。

そんな気持ちのまま浮かべた笑みは、誰も見たことがないほど甘く優しいものになっていたことに、時雨自身気がついてはいなかった。

◇◇◇

目を覚ましてから二日、ようやく身体のだるさが抜け、問題なく身体が起こせるようになると、無理はしないようにという条件つきで床上げが許された。

凪が寝かされていたのは、十畳ほどの和室で、広縁には、ゆっくりと座って庭を眺められるように小さなテーブルと椅子《いす》が配されている。

まるで、ネットや雑誌で見た高級旅館のようだ、と思い、すぐにここが宿屋であったことを思い出した。そうして、芋づる式に支払いのことに思い至り慌てたのだ。

そして、今。

ローベッドの隣に正座をした凪は、正面に座る時雨の言葉に目を見開いた。

「え？」

「支払いは不要だ。凪はここに客として入ったわけではないからな」

「いえ、でも……」

こんな豪勢な場所に数日泊めてもらって、ただというわけにはいかない。焦ってそう告げると、時雨は「ふむ」となにかを考えるように凪から目を逸らした。そうして、再び凪にひたりと視線を合わせる。

「もう一度聞くが、どうしても戻りたい場所が、あちらにあるか？」

「それは、どういう……」

「ともに在りたい者、戻りたい場所。やりたいこと。それらが、あちらにあるか？」

唐突なその問いに困惑しつつ、だがふと、昔、同じようなことを聞かれたような気がすると既視感を覚えた。けれど、その感覚を胸の奥に押し込み、言わなければならないことを告げた。

「引っ越し先が決まっているので。行かなければ迷惑がかかります」

あれから、あちらでどれだけの時間が経っているかわからない。すでに、迷惑をかけてしまっているだろう。そう思えば、動けるようになった今、すぐに帰らなければという焦燥が湧き上がってきた。

「私が聞いているのは、凪が、どうしたいかだ」

だが、ゆっくりと発せられたその言葉に、ふ、とわずかに瞳が揺らいだ。

「凪は、どうしたい？」

真っ直ぐに、心の中までも見透かすような金色の瞳。その瞳から視線を逸らすことができず、凪は、膝の上の拳を握りしめた。

自分が、どうしたいか。

それを考えることは、随分昔に止めた。

『凪は、どうしたい？』

優しく、穏やかな祖母の声。祖母が、生前全く同じことを、幾度も聞いてくれたことを思い出す。そうして自分は、誰にも迷惑をかけないように、祖母に気を遣わせないように、祖母が周囲に悪く言われないように、とそれらを必死に考えて答えを出してきた。

（今、自分がやるべきこと……）

伯父達にも、時雨達にも、手間をかけさせない方法。

「俺は……」

「凪」

答えようとしたそれを、時雨の静かな声が遮る。優しく、穏やかな、けれど反論を許さない強さを持つ声。それに、ぴくり、と身体が震えた。

「私が聞いているのは、やるべきこと、ではなく、どうしたいか、だ」

「……っ」

心を読んだかのような時雨の言葉に、思わず息を呑む。

「ど、して……」

「凪が、誰にも迷惑も手間もかけさせたくないと思っていることは承知している。だが、私はすでに凪を見捨てるという選択肢を捨てた。たとえ、凪がどの道を選んでも、勝手に関わっていく。それは、私が決めたことだ」

淡々と告げられるそれは、まるで凪を必要としていると言われているようで。なぜか恐ろしさを感じ、ふるりと身体が震えた。

「なにを……」

「すでに凪はここへ来て、私と名を交わした。縁は、結ばれた。……あの日交わした約束を履行するかは、凪次第だ」

ふっと、口端に笑みを浮かべた時雨が、自身の小指を軽く振る。その仕草に、夢うつつの中で思い出した、幼い頃に交わした指切りが脳裏に蘇る。

「あ……」

家族になってくれると。記憶の中の時雨は、確かにそう言っていた。

「家族……？　ん、あれ？　……伴侶？」

不意に、約束の言葉が再び蘇る。そうして一瞬首を傾げた後、思わず顔を上げた。

「思い出したか？」

「え、でも、伴侶って……」

自分の記憶違いだろうか。いや、だが確かにそう言われた気がする。

混乱する頭で時雨を見ると、相変わらず穏やかな、けれどどこか楽しそうな時雨の笑みがあった。

伴侶。つまりは、嫁入り……、いや、婿入りする、ということだろうか。まさか、そんな。

「記憶違いではないな。さすがに、意味がわかるようになったか？」

嬉しげに目を細められ、内心を見透かすように自分の考えを肯定されたことに、羞恥と、よくわからない焦りとで頬に血が上る。顔が熱い。そう思いながら、慌てて言葉を継いだ。

「あの、でも、俺、男で……」

「あやかしが最も重きを置くのは、力の相性。ゆえに、気にする必要はない」

「え、えええ……」

思いがけない事実に、目と口をぽかんと開いたまま声を漏らす。そんな凪の様子に、時雨が「そんなに開くと目が落ちるぞ」と低く笑った。

どうしよう。緊張と焦りと、よくわからない恥ずかしさから、顔が熱くなり鼓動が速くなってしまう。

なんと答えていいのかわからず、だが一方で、自分がそんな約束をしてしまっていたのなら、尚更、ここで世話になるわけにはいかないと思い至った。

時雨のことは良いあやかしだと思うし、昔のことを思い出せばなおさら、信頼できる相手だと思える。だが伴侶にと言われてしまうと、簡単に同意することはできない。相手のことをよく知らないままに頷く方が、時雨に対して失礼だ。

拳を握り、やっぱり断ろうと口を開くと、またしても先回りしたように時雨が落ち着いた声で続ける。

「とはいえ、そなたにも考える時間が必要だろう。ゆえに、今はまだそれは置いておけ」

「で、でも……」

「ここで暮らしながら、どうしたいかを決めれば良い。人とは、気持ちを大切にするものだと聞いた。凪が、私と家族になることを厭《いと》うのならば、無理強いはせぬ。あちらに帰るならば、二十歳を超えた時にもう一度術をかけなおしてやろう。そうすれば、これまでと同じように過ごすこともできる」

それでは、自分に都合が良すぎる。そう思った凪の声を封じるように、時雨が優しく言葉を重ねた。

「今はまだ、それで良い。まずは、凪が私を頼ってくれるのなら、心配事を解決してやろう。あちらの世で、誰にも、なににも影響が出ないように」

まるで、甘い餌で誘われ、罠に掛けられているようだ。そう思いながらも、時雨の言葉を突っぱねることがどうしてもできなかった。

自分が戻れば、また、周囲に利隆のような影響が出るかもしれない。それを考えれば、時雨達の世話になる方がまだ良いような気がした。

「私がここにいても、迷惑にはなりませんか……？」

「ならぬ。この宿は、力を封じる場でもある。あやかしも、人も、この宿にいる間はその力の大半が封じられる。凪が『ゆわい』にいる間は、その血や力をあやかしが感じとることはない」

人もあやかしも出入りする以上、無用な諍《いさか》いが起きないよう、この宿屋という場自体に特殊な術がかけられているのだという。それは、時雨も例外ではないらしい。

「主である私と従業員の一部は、万が一の時のために、本来の力が使えるようにはなっているが、それも無条件というわけではない」

「そうなんですね……」

「なに、そう難しく考えるな。ただ、引っ越し先と働く場所を変えるだけのこと」

その言葉に目を見張ると、時雨が楽しげに目を細めた。

「どのみち、一人で働きながら暮らすつもりだったのだろう？　それが、ここになっただけのこと。違うか？」

「働かせてもらえるんですか？」

「なにもせずのんびり暮らしていても、私は構わぬがな。凪は、それじゃあ納得できないだろう？」

そうしてもう一度、時雨が目を細めて告げた。

「凪は、どうしたい？」

自分が、どうしたいか。それを選ぶのは初めてで、声を出そうとするものの緊張から息苦しくなってしまう。けれど、もし、本当に選んでいいのなら。

ふと、細く優しい——祖母の手が、とん、と背中を押してくれた気がした。

「……——ここで、お世話になっても、いいですか？」

どきどきとする鼓動を抑えるように胸の前で拳を握ったまま、震える声で、凪はそう告げたのだった。

宿屋『ゆわい』は、外から一望したことはないが、内装や窓の向こうにある庭を見る限り、まさに和風建築の高級旅館といった印象だった。

かといって全てが『昔ながらの』というわけでもなく、部屋によって雰囲気を変え和洋折衷な部分も取り入れた、ある意味驚くほど近代的な旅館だ。

デザイン性も高く、かといって綺麗すぎるゆえのよそよそしさもない、ほどよく落ち着ける空間が作られていた。

従業員達は皆あやかしで、宿を訪れる人間も、凪のようにあやかしを見ることができる者ばかりだという。今現在、人間の宿泊客はいないそうだが、そう珍しいことでもないためそのうち訪れるだろうと聞いた。

琥珀色《こはくいろ》の板張りの廊下は、いつ見ても綺麗に磨かれており、埃《ほこり》一つなく艶々としている。

天井にある照明は全体的に明るさを落としているため、廊下自体は少し薄暗い。だが、足下を照らすように壁際の所々に柔らかなオレンジ色の光を放つ木製灯籠が置かれているため、人気《ひとけ》のない廊下を歩き続けていると、どこか別の世界に迷い込んでしまったような印象を受けた。

宿泊客も多くいるはずなのに、不思議とすれ違うことはない。それもまたこの宿の特性であり、この宿の中では、従業員を除き『その者にとって必要な』相手にしか会うことはないそうだ。

そんな不思議な宿の中を、着流し姿で書類を抱えて歩いていた凪は、ふと背後から声をかけられ足を止めた。

「お嫁さま……じゃなかった、凪様！」

元気な声に振り返ると、てとてとと、両手いっぱいに風呂敷《ふろしき》に包まれたなにかを抱え軽い足音を立ててこちらにやってくる狸のあやかし――豆狸の幹太《かんた》の姿があり、凪はつい笑みを浮かべてしまう。

『ゆわい』では人の姿をとっている従業員が多い中、幹太は元の狸姿のまま着物を着ている状態で、さらに器用に後ろ足で立って歩いている。最初の頃は、指を使うような細かい作業をどうやってしているのか不思議に思うことも多々あったが、その辺りは、慣れとあやかしの持つ力を器用に使っているらしい。元々、幹太は客の荷物を運ぶいわゆるベルボーイ的な仕事をしているため、そこまで細かい作業をする必要はないようだったが。

「うん、嫁ではない、んだけど……、荷物、重そうだけど大丈夫？　幹太君」

豆狸は、成人してもあまり身体は大きくならない一族らしく、二本足で立っても背丈は凪の腰に届くか届かないくらいかだ。そんな幹太に合わせ、その場に膝をつく。屈《かが》むよりも、こうした方が足にかかる負担が少ないというのもあった。

「こちら、お仕立て用の反物とお洋服の生地を総二郎様からお預かりしてきましたので、お部屋に運んでおきますね」

にこにこと邪気のない笑みを浮かべる幹太の言葉に、あ、と声を上げる。

「ありがとう。わざわざ運んでもらって、すみません」

「いえいえ、とんでもない。このくらい軽いものです。凪様に譲って頂いた組紐を襷《たすき》に使わせて頂くようになってから、一層動きやすくなった気がします」

「あはは……。それは、前のが古くなって切れかけてたからだよ。余り糸で作ったものだから、ちゃんとしたのじゃなくて申し訳ないんだけど」

先日、仕事中の幹太の襷紐が切れたところに行き合い、以前練習がてら作ってあった長めの組紐を、襷にするならちょうどいい長さだろうからと渡したのだ。

つい話し込んでしまったが、これ以上忙しい幹太の邪魔をしないよう立ち上がる。

「ごめんなさい。届け物の途中なので、部屋に置いておいてもらえると助かります」

仕事中なのに申し訳ない、と頭を下げると、包みを抱えた幹太が両手の代わりにあわあわと尻尾を振る。

「とんでもありません！　凪様に荷物を持たせるなど！　ああ！　こちらこそ、お仕事のお邪魔をして申し訳ありませんでした。総二郎様のところにお届けものですよね？」

「うん。書類を、時雨さんに頼まれて。じゃあ、よろしくお願いします」

ぺこりと頭を下げると、恐縮したように頭を下げ返した幹太が、とてとてと足早に去って行く。その後ろ姿を見送ると、凪は再び足を進めた。

軋《きし》みも傷みもない廊下を歩きながら、凪は、ここ二週間ほどで起こった出来事をゆっくりと反芻《はんすう》してみる。

（色々あったなあ……）

だが、改めて考えてみても、どうしてこういう状況になっているのかがいまいちわからなかった。

「あ！　お嫁様、こんにちは！」

「こんにちは」

「およめ……凪様、お疲れ様です」

「お疲れ様です」

従業員とすれ違う度、かけられる声。それ自体は、受け入れてもらえているようで嬉しいのだが、皆、一様に凪を『嫁』扱いすることに困惑を隠せなかった。

（確かに、伴侶として、とは言われたけど……）

幼い頃に交わした約束。どうしてあの時、時雨が凪を『伴侶』として迎えると言ったのか、それはわからない。だが現状、凪はそれに対してまだ返事はしていない。

が、なぜか、この宿ではそれが決定事項のようになっていた。

『周囲の者達のことは気にするな。「ゆわい」に、人間の客はいても従業員はおらぬからな。

ここを訪れるあやかしにも、色々な者達がいる。私の伴侶だと知らしめておいた方が、無用な諍いを避けられるだろう』

そう言われ、だが自分などが伴侶だと認識されてしまえば時雨が困らないだろうかと眉を下げると、ひどく優しい表情で時雨が笑った。

『私は、凪を伴侶として迎えるつもりでここへ連れてきた。後は、凪の気持ち次第なのだから、困ることはなにもない』

その時の声と、大きな掌で頬を撫でられた感触までもが蘇り、途端に顔が熱くなる。どきどきと鼓動が速くなり、紛らわすように、格好良い人の顔を直視するのは心臓に悪いと心の中で呟いた。

「……――」

書類を持っていない方の手で、撫でられた頬を指先で辿る。思い出したそれに、そわそわと落ち着かない感じが治まらない。唇を引き結び、ぺちんと頬を叩く。

「凪ー、どうしたのー？」

「あ。ごめんね、丁。なんでもない」

肩から聞こえてきた声に、慌てて頬から手を離す。

凪の右肩には、掌サイズの子鬼――丁が乗っている。時雨からの言いつけで、護衛として丙か丁どちらかを常に傍に置くようにと言われているのだ。とはいえ、意識しなくとも必ずどちらかがいてくれるので、特に不便を感じたことはない。

今日の丁は、凪が作った狐の着ぐるみを着ている。先ほどまで、同じ姿の丙や雪葉と三人揃って、休憩中の従業員の女の子達に囲まれていたのだ。

長い廊下を歩き、行き交う従業員達の姿も少なくなる奥まった場所に来ると、丁が「あそこの部屋だよー」とつきあたりにある部屋を指差した。と、同時に、その部屋の障子が開き、着物姿の長身の男――総二郎が姿を現す。

「あ、総二郎さん」

「凪君、お疲れ様です。大旦那様のお遣いですか？」

「はい。この書類をお預かりしてきました」

急ごうと少し足を速めると、それを手で制した総二郎が数歩で近づいてくる。

「転んではいけませんから、そう急がなくていいですよ」

「すみません。……あ、ここでお渡ししても大丈夫ですか？」

書類を差し出そうとし、だが、どこかに行こうとして部屋を出てきたのだろう総二郎に躊躇《ためら》いつつ問い掛けると、大丈夫、と柔らかい笑みが返ってくる。

「ちょうど、大旦那様のところへこれを頂きに伺《うかが》おうと思っていたところなので。助かりました。ありがとうございます」

「それならよかったです」

ほっとしたように安堵の笑みを浮かべる凪に、総二郎がさらに優しく目を細めた。

実際は、部屋の外に丁と凪の気配がしたため、時雨が持たせたのだろうと受け取りに出てきたのだが、そんなことはおくびにも出さない。

「そういえば、部屋の方はいかがですか？　足りないものや配置を変えたいものなどがあれば、すぐに言ってくださいね」

「ありがとうございます。十分過ぎるくらいなので、大丈夫です。色々と、お手数とご迷惑をおかけしました」

言いながらぺこりと頭を下げると、くすり、と頭上から笑い声が落ちてくる。不思議に思って顔を上げると、総二郎が温厚な中にも楽しげな笑みを浮かべていた。

「許可も得ず荷物をこちらに移していたことには、なにもおっしゃらないんですね」

「え？」

どういうことかと首を傾げると、総二郎が同じように軽く首を傾げる。

「お部屋に案内した時、驚いたり恐縮したりはしていたが、怒ってはいなかったでしょう？」

「ああ……」

その時のことを思い出し、思わず遠い目になる。

時雨に、ここで世話になってもいいかと告げた後、凪の部屋だと案内された場所にはなぜか見覚えのある品々が並んでいた。それは、どう見ても引っ越しのためにまとめた凪の私物で、なぜここにと混乱したのだ。

元々、持っていく荷物はさほど多くなかったが、箪笥《たんす》や飾り棚などのところどころに見慣れたそれらがあり、かつ、新品同様の着物や服が整然と収められているという状況に、なにが起こったのかわからず軽いパニックに陥った。

そしてさらに、仕事用にと案内された隣の部屋には、祖母が使っていた仕事道具が綺麗に並べられていたのだ。

『ひとまず移動させて荷ほどきまでさせてもらった。仕事道具は、使いにくいようであれば丙や丁に言って好きに移動すればいい』

当然のように告げた時雨に、どうして、とかろうじてそれだけを問えば、返ってきたのはいたずらが成功した子供のような色を浮かべた瞳だった。

『凪が頷くまで、ここに留め置いて説得するつもりだったからな。……これ以上凪が苦労するのは、私が許容できない』

甘やかすようにそう言われてしまえば、凪にそれ以上反論することはできなかった。

今後の生活に関しては、頑張ろうと思っていたものの不安も大きかったのだ。出会って間もないが、時雨が遠慮する凪に気にさせないよう多少強引に進めてくれているのだと察することもできた。申し訳ないとは思っても反発する気持ちはわかない。

「お世話になる身ですし、怒るようなことはなにも。祖母の仕事道具もありましたし、わざわざ運んで頂けてありがたかったです」

そんな気持ちを込めてにこりと微笑めば、笑みを深くした総二郎が大きな掌でぽんぽんと頭を軽く叩いてくる。

「凪君はいい子ですね」

「……えと、ありがとうございます？」

まるっきり幼子にするそれに、褒められているのか、年齢よりも幼く見られているのかわからず思わず首を傾げるが、そういえばあやかしは見た目よりも随分と年上なのだと教えてもらったのを思い出す。

（じゃあ、本当に子供みたいなものか）

ならば、時雨にとっても凪は、放っておけない幼子のように見えているのかもしれない。出会った時のことも考えれば、それはあり得そうで、伴侶という言葉だけが妙に浮いている気がした。

「そういえば、お仕事用の材料の中に、別途でご依頼のあった絹糸も入れておきました。今頃、幹太が部屋に運んでいるでしょうから、後で確認してみて下さい」

「幹太君には、さっき廊下で会いました。色々とご配慮くださって、ありがとうございます」

総二郎の言葉に、思わず笑みを浮かべ、深々と頭を下げる。

現在、凪は、この『ゆわい』で、引っ越し先で請ける予定だった仕事の一部と、従業員のあやかし達からの注文を請けている。

元々決まっていた仕事や引っ越し先は、時雨の部下であり、かつ人の世界での仕入れや調査、調整役を担っているあやかしが、後々問題が起こらないよう代わりの人材などを手配して収めてくれたという。

とはいえ、予定されていた仕事全てを断ったというわけではなく、これまでの付き合いから、今後も凪とやりとりをして問題ないと思われる相手だけ、そのあやかしが代理人となり仕事を請けてきてくれるそうだ。

ちなみに、提案された相手は、凪の作ったものを気に入ってくれ、かつ引っ越し後のことを心配してくれていた人達ばかりで、一体どうやって調べたのだろうと首を傾げたものだ。

もちろん、突然代理人と言っても信用してもらえないだろうからと、それぞれの相手には凪から連絡を入れ顔合わせの時だけ時雨の付き添いのもと人の世界に戻ってきた。

仕事に必要な材料などは、『ゆわい』に出入りしている小間物屋が揃えてくれるものもあるが、欲しいものは人の世界からも仕入れてもらえる。本当に、引っ越し先と働く場所が変わるだけの状態になるよう手配してくれた時雨には、感謝しかなかった。

その上で、従業員のあやかし達から頼まれる繕《つくろ》い物に関しては『ゆわい』の仕事として作業ごとに賃金が発生しており、個別に持ち込まれる注文に関しては、各人から材料費と制作費をもらい受けるようにと総二郎が取り決めてくれた。

その金額も、こんなにもらっていいのか、というほどでむしろ困惑してしまった。

繕い物に関しては、これまで各自でやっていたそうだが、凪ができる範囲で引き受けるようになって、予想以上に喜ばれた。やはり、あやかしにも得手不得手はあるらしく、裁縫の苦手なあやかしもいるらしい。

個人的に頼まれているのは、飾り用の組紐と洋装だ。従業員達はデザインは様々だが和装が基本のため、洋装はほとんど持っていないらしい。雪葉と丙、丁に人の世界に着ていける服をねだられ作ったお揃いの洋服が従業員達の中で評判となり、主に女性のあやかしから相談を受けるようになったのだ。

「大旦那様もきっと喜ばれますよ」

にこにこと笑う総二郎に、照れくさくなり俯いてしまう。

「そうだといいんですが……。お礼といっても、こんなことしかできないので」

「凪君の作ったものなら、絶対に喜びますから大丈夫です。従業員達の間でも、順番待ちが発生するほど評判ですし」

ただし、あまり無理はしないように。そう付け加えてくれる総二郎に、はい、と素直に頷いた。

仕事用の材料の他に頼んだのは、組紐に使う絹糸だった。出入りの小間物屋のあやかしに見本を見せてもらい、様々な色の中から選んだそれで、時雨に髪紐を作ろうと思ったのだ。

「凪」

ふと背後から名を呼ばれ、振り返る。するとそこには、先ほど凪に届け物を頼んだはずの時雨の姿があり、目を見張った。

「時雨さん？　あれ、俺、忘れ物しましたか？」

思わず総二郎に渡した書類に視線をやりながら問うと、その書類を持った総二郎の方から呆《あき》れたような溜息が聞こえてきた。

「大旦那様。あなたがいらっしゃったら、凪君のお遣いの意味がなくなるのでは？」

「……仕事が終わったのだ。私がどうしようと構わぬだろう」

ばつの悪そうな声とともに凪の前に辿り着いた時雨が、凪の方へ手を差し出す。

「凪。脚の具合が良いようなら、少し散歩に行かぬか？」

「散歩？」

「ああ。まだ外に出たことはないだろう？」

「え、出てもいいんですか？」

思いがけない誘いに問い返すと、ああ、と時雨が優しく微笑み頷く。

「宿の敷地より外には出られぬようになっているがな。庭ならば、丙か丁さえ連れていれば、出ても問題はない」

「あ……。じゃあ、行ってみたい、です」

与えられている部屋の窓から小さな庭は見えていたが、勝手に外に出て良いかわからず、ずっと眺めるだけで終わっていたのだ。宿の外がどうなっているのか、見られるのなら見てみたかった。

「宿の敷地といってもかなり広いですから、迷わないよう気をつけてくださいね」

「はい。ありがとうございます」

「僕達いれば、大丈夫ー」

総二郎の言葉に礼を言って頷くと、すかさず、肩の上にいた丁が手を上げる。その声にも「ありがとう」と微笑んだ。

「では、行くか」

そうして何気なく手を差し出され、思わず、時雨の顔を見つめる。

「どうした？」

不思議そうに問われ、視線が再び差し出された手に向き、また時雨の顔に戻る。そうして、もう一度目の前の手に視線を戻すと、自分の左手を恐る恐る持ち上げた。

「……っ！」

そっと時雨の手に指を乗せると、するりと動いた時雨の手が凪の手首を摑む。そのままぐいと引き寄せられ、上半身が傾いた直後、ふわりと身体が浮いた。

「し、時雨さん……っ!?」

重さを感じさせない動きで、時雨の左腕に座らせられるような形で抱き上げられていると認識したのは、数秒後のことだ。かちんと硬直した凪に、時雨が優しく目を細めた。

「入口まで距離があるからな。庭までは私が運ぼう」

「いえ、あの、歩けますから！　重いですし！」

幾ら凪が細身とはいえ、それなりの重さはある。雇用主でもある時雨にこんなことをさせるわけにはいかないと身動ぐが、凪を抱えた腕はびくともせず、あっさりと歩き出されてしまう。

「気にするな。凪を抱えて歩くことなど、造作もない。軽いものだ」

「らくちーん」

常に凪の肩に乗っている丁の楽しげな声に突っ込む余裕もなく、身体を支えるように時雨の肩に手を置くと、どうしたものかと混乱したまま眉を下げる。

「すみません……」

「なに、私がしたいことをしているだけだ。凪が気に病む必要はない」

「時雨さん……」

「今はまだ置いておけとは言うたが、伴侶として迎える話が白紙に戻ったわけではないからな。凪の気持ちがこちらに向くまで、存分に甘やかさせてもらうだけのこと」

「うぐっ……」

さらりと伴侶の話を持ち出され、言葉に詰まる。くっくっと低く笑う時雨の声を聞きながら、熱くなる頬を持て余し視線を彷徨《さまよ》わせていると、向こう側からこちらに歩いてくる仲居のあやかしと目が合った。

「大旦那様、お嫁……凪様、お疲れ様です」

「ああ」

にこにこと楽しそうに、そしてなぜか生温かく見守るような視線でこちらを見たあやかしが、少し手前で立ち止まりぺこりと頭を下げる。鷹揚《おうよう》に返事をした時雨の声とともに、抱えられたままの凪が軽く頭を下げると、笑みを深めた仲居のあやかしが再び足を進め通り過ぎていった。

そうして、ふと、この『ゆわい』で暮らすようになってずっと抱えていた疑問を、時雨に聞いてみようかと思いついた。

「あの、時雨さん」

「どうした？」

「……あやかしと一緒になる人間は、多いんですか？」

「多くはないが、いないわけではない、といったところだ。なにか気になるのか？」

「みなさん、とてもよくして下さるので。時雨さんみたいな方の、は、は、……伴侶、に、もし、なったとして、俺みたいななにもできない人間でも、反対ではないのかなって」

自身で『伴侶』という言葉を使うことに気恥ずかしさを覚え、小声で呟くと、ああ、と時雨が柔らかな声で返してくれる。

「言っただろう。あやかしが伴侶として選ぶ際、最も大切なのは力の相性だと。力が強い者ほど、その傾向が強い。たとえ誰であれ、私が選んだ伴侶に文句をつける者などおらぬよ」

そう告げた時雨が、こちらに顔を向けて優しく微笑む。

「たとえいたとしても、私が許さぬから安心するがいい」

「……っ」

間近で囁かれた甘く剣呑な言葉に、どきりと心臓が跳ねる。どういう顔をしていいかわからず、だがこちらを見つめる時雨から視線を外すこともできず内心狼狽《うろた》えていると、さらに時雨が続けた。

「それに、ここの従業員達には、いずれ私が人間を伴侶として迎えるかもしれないと告げていたからな。やっと来たかと思っていることだろう」

「ふぇ⁉」

予想外の言葉に驚き、思わず後退ろうとして身体が後ろに倒れかけてしまう。その背をもう片方の手で支えてくれた時雨が、楽しそうに低く笑った。

「だから、憂いなく私の伴侶になることを選べ」

そうして、まるで唆すように告げるそれに、逃げ場のないまま羞恥に赤くなった顔を俯けると、混乱する頭でどうにか言葉を絞り出す。

「……も、う、少し、考えさせてください」

結果、答えを引き延ばすことしかできない凪に返されたのは、落ち着かせるように軽く背中を叩いてくれる優しい感触だった。

◇◇◇

かち、かち、と軽い木製の組玉がぶつかり合う、澄んだ音が響く。

静かな部屋の中で、凪は、使い込まれた丸台を前に一心に絹糸を操っていた。

中央の穴から外側に向けて垂らした幾本もの絹糸を、作る柄に合わせて交互に手に取り、糸を巻いた組玉を幾度も入れ替える。垂らす位置や速度で締め具合が均一になるよう注意しながら、リズミカルにそれを繰り返し、糸を縒《よ》り合わせ組紐を作り上げていく。

白、銀、薄青、青紫。シンプルな色合いで細めに組んでいるそれは、時雨に渡す髪紐だ。

幼い頃、初めて時雨と出会った時のこと、そして再会してからのことを思い出しながら、どうか時雨の身を守ってくれますようにと祈りを込めて丁寧に編んでいく。

凪に与えられている部屋は、十二畳の私室と八畳の仕事部屋の二つで、襖で仕切られた続き部屋となっている。私室の方には、床の間や広縁も設えられており、まさに高級旅館といった様相だ。

仕事部屋である八畳間の方には、裁縫や組紐の道具などを置かせてもらっており、実のところこちらにいる時間の方が長い。部屋の広さとしても、八畳間くらいの方が落ち着けるため、なんとなくこちらに居着いてしまうのだ。

部屋は、宿の客室からは離れた奥まった場所にあるため、喧噪《けんそう》が聞こえてくることもない。時雨の部屋にほど近いこの一画には、客はもちろん従業員の中でも許可を得た者しか入ることはできないそうだ。

繕い物などの依頼は、夏乃や総二郎を始め、この部屋に入れる者経由で持ち込まれ、詳細を聞く時は凪の方から従業員部屋などに出向くことが多い。もしくは、総二郎か夏乃が立ち会えば、許可のない者でも仕事部屋には一時的に入れるようになっているらしい。

普段は雪葉を除けばあまり来客もなく、また、なにかあればいつも傍にいる丙か丁が教えてくれるため、凪はいつの間にか丸台を挟んで向かい側に座っていた者の気配に全く気がついていなかった。

「……っ！」

ちょうどいい長さまで編み終わり、端の処理を終えて顔を上げた瞬間、視界に着流しであぐらをかいて座る見知らぬあやかしの姿が入り、びくりと身体が震える。

「やあ、かなり集中していたみたいだねえ。目の前に座っていても全く気づかないとは、恐れ入るよ」

あはは、と楽しげに笑う細身の男は、綺麗な白銀の髪をしていた。紅玉を思わせる赤い瞳は、好奇心を隠そうともしておらず、凪は無意識のうちに首を傾げていた。

「あの……？」

誰だろう。のんびりとそんなことを考えながら問うと、男が目を細めた。

「俺は、早霧《さぎり》。時雨の友人だよ。いやあ、知らない相手が勝手に部屋に入ってきたっていうのに、落ち着いてるなあ」

なんとなく、目が笑っていないような気がする。そんなことを思いながら、男――早霧を見つめた。

座っているためはっきりとはわからないが、身長は時雨と同じかやや低いくらいだろうか。どちらかといえば痩身で、威圧感はあまりない。さらりとした銀髪を少し長めに伸ばして軽く耳にかけているのが、わずかに下がった眦と相俟って妙に艶めいた印象を与えている。

（尻尾……）

そして早霧の背後には、髪と同じ白銀の尻尾が揺れている。ふさふさとしたそれについ目を奪われながらも、再び視線を戻した。

軽やかな口調と雰囲気は、親しみやすそうではある。が、こちらを見つめる赤い瞳と目が合うとどうしてか落ち着かず、そっと目を伏せた。

「ここは、許可のある方しか入って来られないと聞いています。それに、丙と丁がなにも言わないので……」

もちろん驚きはしたが、時雨が許可し、かつ丙も丁も許している相手なら、黙って入ってきても特に気にならない。そもそも、あくまでもここは『ゆわい』の部屋であり、凪はそこを少しの間借りているに過ぎないのだから。

「んー、まあ、そうなんだけどね。ここに入れるのは君が『ゆわい』に来る前から許可を得てた相手だろうし、子鬼二人は、危害を加える相手に反応するようになってる。だからといって、全員が君にとって安全とは限らないよ？」

「……安全？」

「そ。時雨の伴侶がなんの力も持たない人間だっていう事実を受け入れられないやつもいる。まあ、実際になにかしたら子鬼に邪魔された上で時雨に報復されるだろうけど、嫌なことを言うくらいのことはすると思うよ？」

だから、よほど呑気《のんき》じゃない限り、少なくとも知らない相手に対しては警戒するのが普通だと思うけど。

そう続けた早霧に、なるほど、と頷く。

「あの、ありがとうございます」

丸台の前で姿勢を正し深々と頭を下げると、「は？」と困惑したような声が返ってきた。

「なんでお礼？」

「え？　あの、気にかけて頂いたので……。あ、それから、は……伴侶の件は、まだ決まっていないというか……」

そう続けると、今度は「はあ⁉」と驚愕《きょうがく》したような声が響いた。

「決まってないって、なんでまた。時雨はなにしてんの？」

「ええと、急な話でしたし。時雨さんのことも、まだよく知らないので。ご迷惑をかけているとは思うのですが……少し、考えさせて欲しいとお願いしました」

時雨の好意に甘えるだけで、なにも返せていないことに罪悪感はある。

けれど、もし伴侶になることに同意するにしても、都合がいいからという理由だけで頷きたくなかった。

時雨のことは嫌いではない――むしろ、好きだと思う。

とはいえ、これまで誰かに対して恋愛感情を持ったことがないため、その『好き』がどういう種類のものかが自分でもよくわからない。

時雨が自分のことを大切にしてくれているのは、言葉からも態度からも感じられる。だからこそ、曖昧なまま流されるのではなく、きちんと考えて答えを出したかった。それが、凪の時雨に対する精一杯の誠意だった。

（それに、反対の人もいるよな……）

早霧の言葉に、やはりとどこかで納得していた。

きちんと聞いたことはないが、時雨は多分力の強いあやかしなのだと思う。

あやかしは自身より強い者でなければ従わないという。従業員達は、みな店主である時雨のことを敬っており、それゆえに伴侶として凪のことも丁重に扱ってくれる。それこそが、時雨の強さの証だろう。

だからこそ、力を持たない人間である自分を伴侶にした時、時雨の立場が悪くなることがないのかが気になった。

初対面の相手に話すことではないとは思ったが、どうしてか、早霧が時雨のことを心配しているような気がして、自分の中で考えをまとめながらゆっくりと話す。

「……へえ？　ぽやぽやしてるかと思ったけど、意外と強情」

ぼそぼそとなにかを呟く早霧に首を傾げていると、すぐ側で三人揃って仲良く眠っていた丙と丁、雪葉が目を覚ました。

「凪？　あれ、早霧様、どうしたの？　凪にご用事？」

ふわあああと大きな欠伸《あくび》をして浮かんだ涙をそのままにこちらを向いた雪葉が、凪の前に座る早霧に気づききょとんと目を丸くした。あどけないそれに思わず頬を緩めると、苦笑した早霧が雪葉に声をかけた。

「雪葉は呑気だねえ。なんだ、それが時雨の嫁に作ってもらったっていう服かい？」

「えへへー。はい！　凪が三人お揃いで作ってくれました！」

見て見て、と、立ち上がった雪葉が洋服を見せびらかすようにその場でくるくると回ってみせる。今日三人が着ているのは、フード付きのトレーナーとオーバーオールだ。あまり締め付けずゆったりめに、けれど動きやすいようにと作ったそれは、雪葉達も気に入ってくれよく着ている。

そして、尻尾を振りながら洋服を自慢する雪葉を微笑ましげに見ている早霧の姿に、ああ、やっぱり良い人だと思う。

「雪葉は、早霧さんと知り合いなの？」

不思議に思って問うと、雪葉から元気な声が返ってくる。

「早霧様は、妖狐《ようこ》の一族の頭領だよ！」

「まあ、雪葉の保護者みたいなものかな」

「え……」

予想外の言葉に一瞬ぴきりと固まり、だが、すぐに姿勢を正すと頭を下げた。

「あの、先日は、雪葉を危ない目にあわせて申し訳ありませんでした」

「へえ？　君が頭を下げるんだ。……時雨に、簡単に頭を下げるなって言われなかった？」

すっと目を眇めた早霧に、顔を上げると頷く。

「はい。ですが、うちに遊びに来ていた時に起こったことですから、責任は俺にあります。

下手をすれば、大怪我をしたかもしれないですし」

「人間の謙虚さは、あやかしにとって弱さと隙でしかない。つけ込まれたくなければ、安易に自分の非を認めないことだ」

人の理《ことわり》と、あやかしの理。

似ているようで、大きく違うそれは、理解せぬままにいれば命を失うことにも繋がりかねない。

淡々とそう告げた早霧の言葉に、あやかしとの間の価値観の違いを感じ、こくりと息を呑む。それでも、自分のトラブルに関係のない幼い雪葉を巻き込んでしまったことは確かで、謝罪の言葉を引くことはしなかった。

「へえ？　引かないなら、言葉通りつけ込ませてもらおうかな」

鋭い光を宿した瞳が細められ、まるで獲物を狙う獣のような威圧感にぎくりと身体が強張る。それでも、真っ直ぐに早霧を見つめていると、楽しげに早霧の口端が上がる。

「じゃあ……」

「早霧様、凪を苛《いじ》めちゃ駄目！」

部屋を支配する張り詰めた空気を壊したのは、雪葉だった。雪葉に続くように、丙と丁が声を上げる。

「凪のこれは、主が許しているから問題ない」

「凪はこのままがいいから、問題なしー」

三人に庇われた凪は、思わず苦笑しながらそれぞれの頭を撫でる。

「ありがとう。でも、早霧様は意地悪じゃなくて、俺のために注意してくれただけだから」

むしろ、凪の立場を客観的に見て、きちんと指摘してくれるのは、ありがたいことだ。早霧は、あくまでも時雨の友人なのだから、凪に対して苦言を呈するような労力を払う必要はないのだ。

「えー、なんか俺が悪者みたいだなあ」

子供達には甘いのか、厳しい表情を解き、へらりと笑いながら肩を竦めた早霧の声を遮るように、がらりと部屋の入口の障子が開く。

「……どうしてお前がここにいる」

「げ！　時雨、お前、客が来てるんだろ」

「総二郎が相手をしている。丙達を通して、凪の傍にお前が来たのがわかったからな」

しまった、と言わんばかりに座ったまま後退ろうとした早霧と、数歩で凪を背後に庇うような位置に立ち早霧を見下ろしている時雨の姿に、凪はついついぽかんとしてしまう。

「まさか、常時監視して……」

嫌そうな声でそう告げかけた早霧が、時雨の顔を見てぱくんと口を閉じる。

顔は見えないが、不機嫌そうな雰囲気が漂う時雨に困惑しつつも、あの、と声をかけた。

「時雨さん、なにかありましたか？」

今日は、確か、あやかしの世界から時雨に客が訪ねてくるため、手伝いはしなくていいと言われていたのだ。

凪の隣に座り腰に手を回して抱きついている雪葉と、膝の上と肩の上にそれぞれ乗った丙と丁に囲まれるようにしていた凪は、首を傾げて時雨と早霧を交互に見遣る。

こちらを振り返り、改めて凪の姿を見た時雨が、ふと表情を緩める。優しいそれは、いつもの時雨のもので、ほっと肩から力を抜いた。

「……うわ」

なにか、おかしなものでも見たような早霧の声を無視し、時雨が凪の傍らに腰を下ろす。

腰にしがみついていた雪葉が離れると、たたっと早霧のもとへ行き、なぜかその頭を撫でていた。

「早霧様、どんまい」

「雪葉……。そもそもの原因お前だからね……」

がくりと肩を落とした早霧に思わず苦笑し、はっとして手元にある組紐に視線を落とした。

握りしめていたそれを、近くにあった作業台の上で慣らすように軽く転がすと、細かい部分まで確認する。

「凪？　ああ、仕事の邪魔をしたか」

突然作業を始めた凪と、作業台の上に移って凪の手元を覗いている丙と丁に、時雨が腰を上げようとする。

「あ、違うんです！」

「主は、そのまま座っているべき」

「違うよー。これ、仕事じゃないよー」

慌てた凪に、丙と丁が続けてくれる。その声に、再び腰を下ろした時雨を見てほっとする。

（改めて声をかけるの、なんか恥ずかしいし……）

さりげなく渡す、といった高等技術は使えないため、出来上がったばかりの組紐をそのまま渡してしまうことにする。

「あの、これ。色々と、お世話になっているお礼に。髪紐かなにかで使ってもらえたらと思って……」

そうして、手に持っていた細めの組紐を差し出すと、時雨が驚いたように目を見開いた。

「私に、か？」

「はい。ええと、昔お渡ししたそれの代わりというか……」

実のところ、初めて作った組紐を時雨がずっと手首につけているのが、気になって仕方なかったのだ。編み目もガタガタで、我ながらよくこんなものを渡したなと目に入る度に居たたまれなくなってしまう。

「これはこれ、だ。私の大切なものだからな」

そう言って、手首に巻いた組紐を大切そうに指で撫でた時雨が、頬を緩めて凪の差し出した髪紐を受け取ってくれる。

「こちらも、ありがたく頂こう」

「はい」

「折角だ。これで結うてくれるか」

再び凪の手に組紐を戻した時雨が、軽く髪を結っていた紐をするりと外す。

「え、あ、はい！」

まさか、その場で使ってもらえるとは思わず、目を見張っていた凪は慌てて時雨の背後に回った。そうして、さらりと肩にかかった髪をどきどきしながら軽くまとめる。

柔らかな髪の感触に、どうしてか鼓動が速くなる一方で、指が震えそうになるのを必死に堪えた。そうして、時雨の身を守ってくれますようにと、再び心の中で祈りながらどうにか髪を結わえた。

「……――これは」

組紐を結び終えた直後、思わず、といったふうに時雨が肩を揺らして声を漏らす。その様子に首を傾げながらも隣に戻ると、すでにいつもの表情になった時雨が凪に微笑みかけてくれた。そうして、軽く頭を撫でてくれる。

「凪の気持ちが込められた、いい紐だ。大切にしよう」

「ありがとうございます。普段使いにでもしてもらえると嬉しいです」

いつも質の良い着物を着ている時雨に合うようにと、絹糸も一応は良い物を使っている。色糸は綺麗なグラデーションで染められており、編み目ごとにその表情を変えている。時雨の黒髪にも映え、けれど上品で落ち着いた色合いとなっているため、どんな着物に合わせてもさほど浮くことはないはずだ。

とはいえ、値段も凪の手に入れられる範囲のものであり、凪自身の技術も一流とはほど遠いため、正式な場には合わないだろう。

「これだけのものを作れるのなら、十分だ」

頭に乗せられていた手が、するりと頰を撫でる。その甘い仕草に恥ずかしくなり俯くと、すぐ近くから心底嫌そうな声が響いた。

「……俺は、なにを見せられてるんだ？　なあ、丙、丁」

「主は、凪しか見えていないからな」

「らぶらぶー」

三人の声に、はっと我に返ると、恐る恐る視線をそちらに移す。すると、いつの間にか丙と丁が、早霧の両脇に立ち、早霧に負ぶさるようにしてぶら下がっている雪葉も含めて四人がこちらを見ていた。

「え、あ、あの……っ！」

組紐を渡すことに気を取られ、今までの状況がすっかり頭から抜けていた凪は、羞恥のあまり俯く。穴があったら入りたい。そんな気分で、思わず座ったまま身体ごと後退ろうとすると、ぐいと腕が引かれ時雨に抱き寄せられてしまう。

「し、時雨さん⁉」

「凪は、私の伴侶だ。余計なちょっかいは許さぬぞ、早霧」

「保留にされてるんだろ」

時雨の胸元に顔を押しつけられ、身体越しに聞こえてくる低い声に、顔ばかりでなく全身が熱くなっていく。そして、そんな時雨にすかさず言い返した早霧の言葉に、時雨の腕にほんのわずか力が込められた気がした。

「それは、凪の誠実さゆえだ」

「……――いやあ。ある程度予想はしていたが、想像以上だな」

「主は、ずっと待っていたからな。友をとられて寂しいのはわかるが、諦めろ、早霧」

「残念ー。早霧仲間はずれー」

「いや待て、お前ら、なんで俺が可哀想《かわいそう》みたいな話になってるんだ！」

ぽん、と両側から丙と丁に慰められるように手を叩かれた早霧が声を上げる。気心の知れたそのやりとりに、ほんの少し羨ましさを感じつつも、思わず笑いを零してしまう。

そうして、わずかに緩んだ腕の中から顔を上げると、間近に、凪の作った髪紐で髪を結った時雨の姿が目に入る。

ふわりと微笑んだその表情から、時雨が喜んでくれたことが伝わり、安堵とともに凪もまた頬を緩めたのだった。

◇◇◇

「奏矢の馬鹿は、まだ諦めていないようだぞ」

時雨の仕事部屋である和室で、手ずから淹《い》れた茶を飲みながら、妖狐の頭領たる早霧が呆れたように呟く。

広縁に置いているローテーブルと椅子のセットは、時折時雨の仕事を手伝ってくれる凪との休憩用に新たに置いたものだったが、その椅子に早霧は我が物顔で座っていた。古くからの友人であり、気心も知れていることから、時雨の不機嫌な視線にも動じない。

(事情を知り、なお手を貸してくれていることには感謝するが)

それでも、この頃頻繁に『ゆわい』へ顔を出す早霧の目的には、不満を覚えるのだった。

一月ほど前、時雨の許可もなく勝手に凪に会いに行った早霧は、どうやら凪が気に入ったらしく、隙を見ては凪のもとを訪れている。

もちろん、それだけではなくこちらが頼んでいる仕事の報告も兼ねているため、追い返しこそしないが、凪に余計なちょっかいを出せば即たたき出すと宣言しておいた。

「……いい加減に、現実を見ればよいものを」

溜息交じりにそう呟くと、まあなあ、と早霧が苦笑する。

「生まれた時から、お前を見ていたからな。崇拝が過ぎると害になる典型だ。力はあるのに発揮しきれていないのは、お前を超えられないと思ってるからだろ」

そうして、一変して小馬鹿にしたように告げるそれは、時雨について回る奏矢のことを幼い頃から見知っているからだ。

普段は一尾に見せているが、早霧は八尾を持つ妖狐だ。一族を取りまとめる頭領という地位は、同族の中で最も強い力を有する証である。

あやかしは、自身より強い者にしか従わない。ゆえに、頭領の座は世襲ではなく実力による選定となる。

時雨が鬼の一族の頭領の座をとある理由から退くことになった際、一族の者達の総意で奏矢が次の頭領となった。それは、時雨に次ぐ力を持っていると認識されているからだ。

それでもなお、奏矢は時雨を頭領に戻そうと躍起になっている。

「うちの一族はまあ、俺が抑えているから下手なことをするやつはいないが、ちらほら、怪しい動きを見せている一族もいる。言わずもがなだが、天狗には特に注意しろ」

「……総二郎も、同じことを言っていたな」

「総二郎が特殊なだけで、あいつら、そもそも鬼の一族を目の敵にしているからな。元々、鬼の一族の頭領交代で騒がしくなってはいたが、凪君がここへ来た辺りからちらほら噂が流れ始めている」

手元の書類からちらりと早霧の方へ視線をやると、お茶を啜《すす》った早霧がテーブルの上に湯呑みを置く。

「先代の鬼の頭領がその座を明け渡したのは、禁を犯し、力を奪われ封じられたからだ」

「……――」

すっと目を眇めると、早霧もまた笑みを消して虚空を睨む。

「さて、どこから話が漏れたのか。さすがにあの馬鹿が、お前の不利益になることを吹聴するとは思わんが、足を掬《すく》われる可能性はある」

「ああ」

いまだ、叶《かな》わぬ希望にしがみつこうとする弟の姿を思い浮かべ、重い溜息をつく。自ら悟り観念するのを待っていたが、事態は本格的に対処すべき局面へ移りつつある。

「隠居するのは構わんが、目は光らせておけよ。でなければ、中から潰されかねない」

「わかっている。他の一族の動向は、こちらでも調べるが、気をつけておいてくれ」

「了解。後、一応聞いておくが、あの子に理由を話して今すぐ伴侶にするって方法は……」

「ない」

「それが一番、手っ取り早いと思うんだがなあ」

ぼそりと呟いた早霧から、時雨はすっと目を逸らす。

「凪に、後悔するような選択はさせたくない」

「笑えるくらいの溺愛っぷりだよな。ここの従業員はともかく、鬼のやつらが見たら目を疑うんじゃないか？」

「今はここの店主に過ぎないのだから、私の好きにやらせてもらう」

この『ゆわい』は、あやかしの世とは異なる掟《おきて》で縛られている場所だ。種族や力の強さも関係ない。店主と宿が選んだ者しか、立ち入ることも許されない。

だが同時に、ここにいる間は本来の力を封じられてしまう。

そうしてその特性があるゆえに、古老達は一族の掟を破った時雨に対する『罰』となると判断し、時雨がここの店主になることを認めたのだ。

一族の掟。それは、人に必要以上に関わらぬこと。そして――伴侶となった者以外に、自らの力を分け与えないこと。

幼い凪と出会ったあの日、凪はあやかしに襲われ命を手放しかけていた。時雨は、あやかしによる傷を癒すため、凪に自らの力を分け与えた。同時に、残る力で凪の血と力を封じる術を施したのだ。

そしてその事実を知っているのは、鬼の一族の古老達と現頭領である奏矢、この『ゆわい』の先代店主、そして友人であり協力者でもある早霧、そして前店主からの信頼も厚い総二郎と夏乃だけだった。

時雨が、凪に与えた自身の力を取り戻す方法は、二つ。凪を伴侶とし契りを交わすか——生きたままその血肉を喰らい自らの力として取り込むか、だ。

後者を選ぶつもりは毛頭ない。そして、凪が望まぬ限り時雨のもとに縛り付けることも、する気はない。

「……丙、丁。凪の耳には、決して入れないように」

『承知』

『はーい』

呟くと、凪の傍にいる子鬼達からの返事が頭の中に響く。元々、時雨の力によって作られた二人とは、念じるだけで意思の疎通が図れる。

「早霧。凪の近くにいる時は……」

「了解。俺も、あの子に余計なことは聞かせたくないからな」

「……——気に入ったとて、手を出すことは許さぬ」

「選ぶのは凪だろう？　お前がぼやぼやしていたら、横からかっさらうかもしれないぞ？」

にんまりと笑いからかうようにそう告げる早霧に、ざわり、と思わず殺気が零れ出る。

「……って、いやいやいや。なにお前そんな本気の殺気出してんの！　冗談だって！」

「あれは、私のものだ」

怒りを抑えつつも、そう低く告げた時雨に、早霧がひどく嫌そうな表情を浮かべる。

「そう思うなら、身内くらい落ち着かせておけ」

「わかっている」

ふっと殺気を散らした時雨に、早霧がやれやれと溜息をつく。

「まあ、相手があやかしならともかく、人である以上、お前の力を戻すためって言って頷かれても、恐らく『伴侶』になれないだろうからな」

あやかし同士なら、互いの血と力を交ぜ合わせることで『伴侶』として契約を交わす。だが、相手が人の場合、互いが心から望んで契りを交わして初めて、その契約を成り立たせることができるのだ。どちらかの気持ちがあやふやな状態であれば、必ず失敗する。

これまで、あやかしである自分が誰かに――そして、なにかに執着することはなかった。

けれど、凪だけは違う。初めて会った時に見た、あの無垢《むく》な瞳。そして、心の底から誰かのために動ける強さと、異様なほどに薄い自身の命への執着。

誰にも負けぬほどの強大な力を持つ時雨が、初めて、戸惑いを覚えた相手。

そして、見守るうちに胸に抱いた、この手で守りたいという感情。

どうか、凪が、凪自身の意志でこの手を取って欲しい。

初めて感じた、まるで人のような——意味のない、願い。けれどそれが、どうしてか自分でも困惑するほどに捨てがたいものになっている。

「それで？　万が一、あの子がお前を選ばなかったらどうする気だ？」

「……その選択肢は、存在せぬよ」

端的に答えたそれに、早霧が反射的になにかを言おうとする。だが、それを遮り続けた。

「すでに、縁は結ばれた。手の届かぬところに居場所を得たなら見守るだけに留めたが、きっかけはどうであれ、凪は、すでにこの手の中にいる」

再び言葉を交わし、名を交わした時点で、手放すという選択肢は消え失せている。

「よそ見などさせぬよ。……凪は、必ずこの手で幸せにする」

そして、淡々と告げるその声に返ってきたのは、早霧の呆れた、そして——どこか安堵したような小さな溜息だけだった。


従業員用の宿舎、及び、従業員等への来客対応用となっている『ゆわい』の別棟。

その一室で、時雨は奏矢を始め同族数名と向かい合っていた。

八畳ほどの和室中央に置かれた座卓の上座に時雨が座り、向かい側に奏矢と、濃茶の髪に同色の瞳を持つ桜色の着物を着た女性——鈴波が並び、座卓から少し離れた壁際に奏矢の側近である若手の鬼が二名控えている。

奏矢と鈴波以外の者は、『ゆわい』には入れても、時雨の部屋まで来ることはできない。

そのため、『ゆわい』の宿泊棟ではなく、この部屋に通したのだ。

そして今、座卓の他、飾り棚とそこに飾られた花程度しかない簡素な和室の空気は、重苦しい緊張感に包まれていた。

「時雨様、貴方のお力を奪った者がここにいる、というのは、本当なのでしょうか？」

気の強さを表すようなやや吊《つ》り上がり気味の瞳で時雨を睨む鈴波に、時雨は目を眇める。

「知らぬな」

「……っ！　私は、貴方の許嫁《いいなずけ》です！　教えて頂く権利がございます」

「だった、だろう。頭領を退いた時点で、そなたの相手は奏矢となった。間違えるな」

「私は、『鬼の頭領』となるべき者の伴侶として育てられました。時雨様がお戻りになれば、貴方の伴侶となります」

勝ち気に告げた鈴波に、これ以上無駄な問答をする気もなく、こちらを挑むように見据える奏矢に視線を移した。

「鈴波、そしてそこの二人は、私が知っておくべきと判断しました。それ以外の者には漏らしておりませんよ」

「奏矢の説得では埒《らち》があきませんから、私が参りました。時雨様、どうぞ即刻お力を取り戻し再び頭領としてお立ちください」

続けて告げる二人に、時雨は表情を変えないまま一度目を閉じた後、再び瞼を上げ二人を睨みつける。

「……――っ」

時雨の発する殺気に、奏矢と鈴波、そして壁際に控える二人が息を呑む。

「これ以上、私に無駄な時間を使わせる気か」

押し殺した声で告げれば、ぐっと拳を握りしめた奏矢が声を上げる。

「……兄上は、我らが知らないとお思いか。伴侶でもない者にそのお力を渡したことで、兄上のお命に影響が出ていることを」

「古老達も、時雨様の寿命に関わることに関しては、お悩みでした。だからこそ、その要因となった者が手の内にいるなら、すぐにでも……」

「黙れ」

その一言で、再び二人が押し黙る。

「この件は、お前達には一切関係のないこと。私を頼りにする前に、頭領とその許嫁としてやるべきことをやれ」

そこで一旦言葉を切ると、冴え冴えと厳しい声で続けた。

「万が一、私の大切な者に危害を加えるようなことがあれば、この『ゆわい』店主としてそなた達に制裁を加えると覚えておけ」

言葉に『力』をのせてそう告げれば、部屋にいる者達全員が息苦しいほどの圧に身を縮めた。

「……兄上のお命を救うには、兄上の力を持つ者を喰らいその力を取り戻すしか方法はありません」

是、とも、否、とも言わず抵抗した奏矢に、知らず身を纏う殺気が鋭さを増す。

現頭領である奏矢は時雨の力にも慣れており圧倒される程度だが、鈴波や側近達は顔を青ざめさせている。

この『ゆわい』では、あやかしの力のほとんどが封じられるが、店主である時雨や従業員の一部は、ある程度己の裁量で使うことができる。ただし、あくまでも『ゆわい』の上層部として店や従業員達を守るためのものであり、無意味に客を傷つけた場合は罰が科され、特権は失われる。

凪もまた、現状、この『ゆわい』の一員として認められており、時雨が凪を守るために力を使っても問題はなかった。

「返答は」

「……――是」

悔しげに奏矢がそう告げ、鈴波達三人も続く。

『力』を込めた言葉は、一種の契約となる。正式な方法ではないため抑制程度にしかなりはしないが、万が一奏矢達が凪に危害を加え、時雨がそれに対する制裁を加えても、鬼の一族は当然のこととして受け入れるしかない。

「おやおや。時雨を探してみれば、また鬼の子が叱られておるのか」

不意に、ころころと楽しげに笑う声が部屋に響く。ぎょっとしたような表情の奏矢達を見遣りながら、内心で溜息をつき視線をやると、いつの間にか部屋の中に——正確には時雨の背後に、白を基調とした小袖と薄青色の打ち掛けを身に纏った女性が立っていた。

「柊《ひいらぎ》」

裾《すそ》の長いそれを音もなく引きながら、するりと時雨の隣に腰を下ろす。

足下まで伸びる白い髪と、銀色の瞳。時雨よりも幾らか年上といった容貌の美しさは出会った時から変わらぬもので、だが、長い付き合いゆえにその性格もよく知る時雨は、咎めるように名を呼ぶ。

「わかっておる。今日はあまり時がないゆえ、迎えに来たのじゃ」

そう呟いた女性を睨みながら、奏矢が口を開こうとする。だが、それを遮るように持っていた扇子《せんす》を一振りし続けた。

「悪いな。急ぎ、連れていくぞ。総二郎、後は任せた」

直後、周囲の風景は時雨の仕事部屋になっており、今度こそ遠慮なく溜息をつく。

「柊。あまり人前で力を使うな」

「なあに。あの者らなら、そなたがやったと思うはずじゃ」

「ああ、やっと戻ってきたのか。今日は鈴波も突撃してきたらしいじゃないか」

いつもの通り、広縁のソファに腰を下ろし本を読んでいたらしい早霧が、ひらひらと手を振る。そして、その視線を柊に向けた。

「よお、ばあさん。久し振り」

「そなたのその減らず口は、相変わらずよの。さて、しばらく縫い付けてでもやろうか」

目を眇め、そう言いながら早霧に向け扇子を向けた柊に、慌てたように早霧が手を振る。

「いや、嘘《うそ》！　嘘だって！　柊姐《ねえ》さん！」

「全く。幾つになっても悪戯坊主《いたずらぼうず》よの。ああ、時雨、茶よりも酒じゃ、酒」

そう言いながらひらひらと扇子を振った柊が、早霧の座るソファの向かい側に腰を下ろす。

「夏乃、頼む」

二人の間――ローテーブルを囲むように置かれた一人がけのソファに腰を下ろすと、間もなく夏乃が冷酒と三人分のお猪口《ちょこ》、皿に盛られた数種類のつまみを盆に載せて現れる。

「いつもすまぬの、夏乃」

「いいえ。先代様ならいつでも」

にこりと笑った夏乃に、早霧が面白くなさそうに呟く。

「夏乃ちゃん、俺の時と態度があまりに違う……」

「当たり前でしょう。ふらふら遊び回って仕事の邪魔しかしない馬鹿狐と先代様とを一緒にしないで」

笑顔はそのままに、早霧に毒を吐いた夏乃は、手際よく酒と肴《さかな》をローテーブルに並べる。

そして、立ち上がる前に時雨に視線を移した。

「大旦那様。総二郎より、客人はつつがなくお帰り頂いたと」

「ああ。凪に、部屋から出て構わないと伝えておいてくれ」

「承知しました」

軽く頭を下げた夏乃は、そのまま音もなく部屋を後にする。

「全く。柊姐さんと時雨の教育が行き届いてるよね、ここ」

肩を竦めた早霧に、当然とばかりに柊が笑う。

「総二郎とあの子は、妾《わらわ》が育てたようなものじゃからの。まあ、そういう意味では、時雨もそなたも同じようなものじゃ」

柊は、白蛇のあやかしであり、この『ゆわい』の先代店主でもある。時雨が凪に力を渡した後、時雨のためにこの宿の店主の座を譲り、現在は隠居の身として悠々自適な生活を送っている。

元々、柊の一族はあやかしの中でも数こそ少ないが長命であり、時雨よりも遙かに長い時間を生きている。そういう意味では、あやかしの中の生き字引的な存在でもあった。

そうして、三人だけになったところで、冷酒を手酌で注いだ柊が続ける。

「さて、その凪という子かの。ここに身を寄せた時雨の伴侶は」

「ああ」

頷くと、同じように酒を飲みながら、早霧が軽く目を見開いた。

「なんだ、柊姐さん凪君にまだ会ってなかったんだ」

「ここのところ、少し遠出しておってな。帰ってきたら、なにやら面白いことになっておると小耳に挟んだのじゃ」

「別段、あなたにとって面白いことはなにもないと思うが」

「そうか？」

ことりと不思議そうに首を傾げた柊が、だが直後、にんまりと笑みを浮かべて扇子で時雨の髪紐を指す。

「そなたのそれ、初めて見るが、どうしたのじゃ？」

「……――」

「って、それ、凪君が時雨に作った髪紐だろ？」

視線を逸らして口を閉ざした時雨に代わり、早霧が告げる。

「ほうほう。面白い力を持っておるな」

興味津々《しんしん》にこちらに身を乗り出してきた柊に、眉間の皺を深めると、早霧が不思議そうに言葉を挟む。

「力？」

「そうじゃ。今は時雨がまやかしの術をかけておるからよくは見えぬが、なにやら加護が宿っておる」

あっさりとそう告げた柊に、早霧が驚きに目を見張る。

「なにそれ。え、まさか凪君が？」

「ほれほれ、隠してないで見せてみよ。大方、妾が来たら見せるつもりでおったのじゃろ？」

確かにその言葉は間違っておらず、時雨は術を解きながら髪紐を解くと、柊へ髪紐を手渡した。

「加護の方は、凪の力だ。だが……」

「それ以外に、そなたの力が宿っておるな。本人が認識していないのなら、無意識に力を移したのじゃろう」

時雨の言葉に、柊が続ける。

そう。凪から新しくもらった髪紐には、悪意ある力から身を守る加護と、時雨の力が宿っていたのだ。最初に見た時に目を疑い、けれど、身につけることで確信を得た。

今は、その加護の力が外からわからぬよう、まやかしの術を施してある。それでも、柊ほどの力を持つ者が見れば加護が宿っていることは一目瞭然なのだが。

「それに、加護の方も並大抵のあやかしは手を出せぬようになっておる。時雨が選んだというから、どんな子かと思えば。随分楽しそうだこと」

「柊。凪に、余計なことはするなよ」

「安心せい。そなたの愛《いと》し子じゃ。ほんに傷つけるようなことはせぬよ」

「……でも、遊ぶんだよなあ、この人」

遠い目をした早霧と同じ心境で溜息をつくと、にしても、と早霧が眉を寄せる。

「凪君、ここであれこれ作ってるだろ。こんなものが出回ったらやばくないか？」

「念のため、これまで作ったものは夏乃に集めさせ全て確認した。が、後はどれもまじない程度のもので、さほど影響はなかった。せいぜい、持ち主になにかしらのきっかけを与えるくらいの効果だろう」

「それでも、珍しくはあるがの。人間にしては、面白い力を持っておる。もしや、この子はあれか？　時雨が昔あちらで懇意にしておった者の縁者か」

しげしげと髪紐を眺めていた柊に、時雨は否定することなく頷く。

「凪の祖母にかろうじて力の気配はあったが、微弱なものだった。これほどの力が現れたのは、先祖返りのようなものだろう」

「ふうん。話を聞く限り、今はまだ力が安定しておらぬか」

「ああ。あの子が二十歳になって修練すれば、意識的に調えることは可能なはずだ」

凪のようにあやかしに近い力を持つ者は、それぞれの年齢に応じ、一度力の流れが作り変わる。凪にとってそれが二十歳で、時雨が施した凪の血の匂いや力を封じる術も、その際に一度解けてしまう。

だが、その年齢を過ぎれば、力が安定するか——人によっては衰えるため、その結果次第で対応を見極めていかねばならない。

（いっそ、力が衰えてくれればいいのだが）

時雨の力を取り込んでいる以上、あやかしは見えるだろうが、凪の血の匂いや加護を与える力が消えれば凪も過ごしやすくなるだろう。

「こういった力は、与える相手が明確であり、かつその者に対する祈りの強さが強いほど、宿る力が強くなる。時雨のために作ったものであるのなら、凪という子がよほど強く時雨の無事を祈ったのじゃろ」

柊がまやかしの術をかけ直し、時雨に髪紐を返す。それを受け取り、解いた髪を結び直していると、早霧がひどく嫌そうな表情を浮かべていた。

「時雨の浮かれた顔ってのも、なんか見てると腹立ってくるな」

「おや。早霧は時雨の恋路を応援できぬのか？」

「いやあ、時雨の緩んだ顔見てると、つい。凪君良い子だし。振られればいいのに」

お猪口を傾け冷酒を飲みながらそう告げた早霧に、柊がからからと笑う。

「なんじゃ。妾はどちらでも構わぬが、時雨は伴侶一人捕まえておけぬのか？　頼りないものじゃのう」

「勝手なことを。凪は、私の伴侶だ」

「保留にされてるくせに」

「凪の誠意だ。待つのが当然だろう」

投げかけられる言葉を、冷酒を飲み干しながら躱《かわ》していると、やれやれと柊が肩を竦めた。

「そなたらもまだ子供よの。まあよい。時雨、妾に頼むことがあるのなら、さっさと言うが良い」

扇子を広げ促すように振られるそれに、時雨は持っていたお猪口をテーブルに置くと二人を見据えた。

「凪の存在は危うい。あれの血に加え、加護の力が外に漏れれば、さらに危険が増す。今の状態で『ゆわい』を出れば、即座にあやかしに喰われるだろう」

「まあ、それだけの力を持つなら、さぞ血肉も美味《うま》かろうな。あやかしにとっては、極上の餌というわけか」

「ああ。『ゆわい』の中にいてさえ、あの血はあやかしを惹きつけかねない。ゆえに、できるだけ、あの子を気にかけてやって欲しい」

頼む、と頭を下げると、ぽんと軽く扇子で肩を叩かれる。促されるように顔を上げると、楽しげな、けれど優しく目を細めた柊と目が合った。

「この宿に受け入れられた子は、我が子も同じじゃ。案ずるな」

「まあ、一番やらかしそうなのが奏矢達だからなあ。そっちは、俺も気をつけておこう。あの子には、雪葉を助けてもらった恩もある」

そして、任せておけという二人の言葉に、時雨は礼を告げる代わりにそっと目を伏せたのだった。

◇◇◇

針を打った生地をかけはりにかけると、ぴんと張って針を刺す。

ひと目ひと目、丁寧に、そしてリズミカルに。縫い目が一定になるようにしながら、無心で縫っていく。

凪は、真っ直ぐな反物が、着物という形になっていく工程が好きだった。立体的な形を平面の型紙に落とし込み、それを縫い上げて作る洋裁も好きなのだが、最初に祖母に習ったのが和裁だったせいもあり、どちらかといえば和裁の方が得意だ。

ただ、反物をそれぞれの長さに切って縫っていくだけではない。仕上がった時の柄を考え、

どの部分をどう使うか、どう合わせたらその反物の柄を最も美しく見せられるか。そんなことを考えながら作るのが楽しいのだ。

静かな部屋の中で無心に針を進めながら、考える。

時雨の伴侶になる、ということ。

(嫌い、ではない。むしろ、凄く良い人だと思うし)

甘やかされていると思う。優しい笑みを向けてもらえると、とてもほっとする。触れられても嫌ではなく、ただ、恥ずかしいだけだ。

多分——いや、間違いなく、好きだとは思う。

けれど、伴侶と言われると、どうしても尻込みしてしまうのだ。

時雨の隣にいるのが、自分で良いのか。そして、今の自分が時雨の手を取るのは、祖母がいなくなった寂しさゆえに誰かに一緒にいて欲しいからに過ぎないのではないか。そんな疑問が、どうしても脳裏に浮かんでしまうのだ。

「……難しいなあ」

「あら、そんなに眉間に皺を作ったら、可愛い顔が台無しよ」

細い指で軽く眉間を突かれ顔を上げると、雪柳の上品な着物を着た夏乃が身を屈めて凪を見つめていた。

「夏乃さん。あ、お仕事ですか?」

縫い途中の生地を膝の上に置くと、夏乃が向かい合うように腰を下ろし、風呂敷包みを横に置いた。

「繕いものを幾つかね。後、出来上がったものがあったら、確認しようと思って。……ああ、急がないから、きりのいいところまでやっちゃっていいわよ」

膝の上の生地を指差され、言葉に甘えるように最後まで縫ってしまうと、打った針を抜き平鏝《ひらごて》を当てて縫い目を綺麗に伸ばす。

「随分可愛い柄だけど、誰かに頼まれたの？」

「はい。仲居の榛名《はるな》さんに。今度成人する妹さんに、新しい着物を贈りたいと相談されて」

今作っているのは、若い女の子が出掛ける時に着られるような袷《あわせ》の着物だった。地色は白だが、赤の椿柄が可愛らしく、華やかな印象のものだ。袴《はかま》を合わせて印象が変わるようにと、そちらも作るつもりでいた。

「ああ、そういえば、前からずっとどうしようって言ってたわねえ。あの子、裁縫は壊滅的だし」

苦笑した夏乃に、思わず凪も眉を下げつつ笑う。

「どうせなら一緒にやってみますか、って誘ってみたんですが、全力でお断りされてしまいました。あ、でも、折角なので簡単にできそうな髪飾りの作り方をお伝えしたら、やってみるとおっしゃってました」

余っていた細めの組紐を渡して、飾り結びのやり方を教えたのだ。そちらの方は、なんとなく形になりそうだったので、本人も練習するとはりきっていた。

「あらあら。ありがとう、きっと良いお祝いになるわ」

目を細めて微笑んだ夏乃に、軽くかぶりを振る。

「俺は、頼まれたものを作っているだけなので。喜んでもらえるといいですね」

そして、作業途中のものを一旦脇に避《よ》けると、近くに置いてあった大きめの桐箱《きりばこ》を手にして夏乃の前に置いた。中に入っているのは、従業員達から個別に頼まれた制作物だ。

「ええと。とりあえず、この間までにご依頼頂いた分はこれで全部です」

「え、もうできたの？　ちょっと凪君、根詰めすぎじゃない？」

眉を顰めた夏乃に、特にそんな意識もなかったため首を傾げた。

「そんなことはないですよ？　時雨さんのお手伝いとか、お散歩とかもさせてもらってますから、ずっとやってるわけでもないですし」

元々、学校に行っている時間以外は、ずっと家でなにかしら作っていたのだ。和裁の仕事も定期的にもらっていたため、その頃に比べたら今の方がゆったりしていると言える。

「それに、報酬も申し訳ないくらいに頂いてますから」

「って言っても、材料費やら作業時間を考えたら、さほど利益が出るほどじゃないわよ？　総二郎が、相場に照らして凪君の腕に見合った額にはしているはずだけど」

「……すみません。一般的な額を、あんまり知らなくて」

苦笑して告げたそれに、夏乃が不思議そうな表情を浮かべる。

「ずっと仕事としてやってたんでしょ？」

「それは、はい。ただ、祖母が亡くなる前は手伝いといった形でしたし、亡くなった後は、実家を通してのやりとりだったので」

さすがに、未成年の凪が直接仕事として請けるわけにはいかず、その辺りは伯父を通してもらっていた。実際に管理してくれていたのは伯父の秘書に当たる人だったが、報酬から生活にかかる費用を差し引いて、残りを渡される形になっていたので、正確な金額は知らないのだ。

「なあに、それ。一日本人に全部渡してもいいじゃない」

顔を顰めた夏乃に、緩くかぶりを振る。

「衣食住、面倒を見てもらっていたので。そうして欲しいと頼んだのは俺なんです」

全く入ってこないというわけではなかったし、もらったお金は道具の買い換え以外はこつこつと貯めさせてもらい、独り立ちの際の資金とした。

「じゃあ、例えば、着物一枚でどのくらいだったの？」

「ええと。仕事ごとというよりは、一ヶ月に一度まとめて頂いていたので、なにが幾らだったかっていうのはよくわからなくて」

祖母の手伝いとしてやっていた時も、あくまでも手伝いだからと、報酬というよりはお小遣いという形にしてもらっていた。実際、祖母は、いずれ必要になるだろうからと相場なども教えてくれようとしたのだが、凪自身が、その辺りは、いつか一人で仕事を請けられるようになってからでいいと断っていたのだ。

「……てことは、横取りし放題だったたってことね」

「え？」

ぼそりと呟かれたそれが聞こえず首を傾げれば、夏乃が肩を竦めた。

「まあ、本人が納得していたのならいいわ。じゃあ、ちょっと確認させてもらうわね」

そう言って桐箱の蓋を開けると、並べてあるものを手にする。今回はさほど大きいものはなく、ワンピース、エプロン、羽織、髪飾りと帯締めを数種類、単衣《ひとえ》の着物、といったところだった。

一つ一つ手に取って確認していく夏乃を、落ち着かない心持ちで見つめる。

出来を確認されているわけではないが、作ったものを目の前でまじまじと見られるとやはりそわそわしてしまう。

「どう、ですか……？」

「そうねえ。どれも、おまじない程度だから大丈夫」

全てを確認し終えた夏乃の言葉にほっと息を吐く。

先日、凪が作ったものに加護が宿っていると、時雨から教えられた。最初、なにを言われているのかが全くわからなかったのだが、どうやら、凪が作りながら願ったことが作ったものになにかしらの影響を与えているらしい。

気分転換に無心で作ったものなどを見てもらうと、それらからはなにも感じないと言われた。

依頼されて作ったものは、やはり、相手がはっきりしている分、作る過程で依頼者に大切に使ってもらえるよう、そして喜んでもらえるように相手を思い浮かべて願ってしまう。

そうすると、強い影響を与えるほどではないものの、まじないのような加護がかかってしまうらしい。

気をつけるように、と言われたものの、無自覚のためどうすることもできない。

そのため、今後作ったものを渡す前に、必ず夏乃か総二郎、もしくは時雨が確認するということになったのだ。ちなみに、これまでに渡したものは、全て確認済みなのだそうだ。

(……いつの間に、そんなことに)

そう思いながら、自分の掌を見つめる。自分の血をあやかしが好むらしい、という事実の他に、よくわからない力が発覚してしまった。とはいえ、自分の意思ではどうにもならないので、凪自身にはどうしようもないけれど。

「じゃあ、これは私から配っておくわ。報酬は、それぞれから回収して後で渡すわね」

「お手数をおかけします」

「いえいえ。ああ、こっちは全部繕いものなんだけど、全員急がないってことだから、暇な時にお願いできるかしら」

「はい。お預かりします」

渡された風呂敷を預かると、そういえば、と夏乃が続ける。

「昨日、久し振りに人間のお客様がいらっしゃったの。もし会ったら話しかけられるかもしれないから、言っておくわね」

「あ……。もしかして、あんまり部屋から出ない方がいいですか？」

万が一でも会うとまずいのであれば、大人しく部屋で仕事をしておこう。そう思いながら問うと、夏乃が軽い調子で手を振った。

「凪君ならなんの問題もないから、普通にしていて大丈夫。もしトラブルになりそうだったら、誰でもいいから捕まえるか、大旦那様を呼んでちょうだい」

「わかりました」

この『ゆわい』に客として訪れた場合、宿の中では、従業員か自分に縁のある者にしか会わないのだという。現状、凪は居候ではあるものの従業員扱いになっているため、客室のある方へ行けば客に会う可能性もあるのだが、行動範囲が狭いため会ったことはない。せいぜい、可能性があるとすれば散歩に出た時くらいだろうか。

仕事に戻る夏乃を見送り、さて、と作りかけの着物を手にする。

（そういえば、ここに来られるのはあやかしが見れる人だけだって言ってたっけ）

会ってみたいような気もするが、会ったからと言って自分から話しかけられるとは思えない。そんな社交性があれば、もう少し人とも上手く関われただろう。

「どんな人なんだろうね」

傍らで眠る丙と丁の頭を撫で、小さく呟くと、凪は再び針を持ち静かな部屋で無心に着物を縫い続けるのだった。


「あれ？」

不思議そうな声が聞こえ、草履《ぞうり》を履いた足を止める。振り返ると、浴衣《ゆかた》姿の女性が立っており、こちらをじっと見ていた。

「あの、なにか……？」

丙と丁をお供に連れた凪は、従業員用の裏口から外に出て、人気のない河原をのんびりと散歩しているところだった。表口から少し距離のあるここには、あまり客が足を運ぶことがなく静かで、凪のお気に入りの散歩コースの一つなのだ。

しばらくの間こちらを見ていた女性が、さくさくと砂利を踏む音をさせて近づいてくる。

丙と丁が特に反応を見せないため、危険はないだろうというのはわかるが、あまりに凝視されているため戸惑った。反射的に一歩退《ひ》くが、その時には女性がすぐ傍に辿り着いていた。

「あなた、人間？」

「え？　あ、はい」

そう問われ、思わず頷く。すると、女性がひどく安堵したように溜息をついた。

「ああ、よかった。ねえ、私生きてるわよね？」

「……――？」

質問の意図がわからず、つい、女性の足下を見てしまう。特に透けているわけでもなく、しっかりと存在していそうなため、多分、と答える。

「幽霊は見たことがないので、よくわかりませんが」

「あやかししかいない場所に紛れこんだのだもの。夢かなって思ったけど、眠って目が覚めても変わらないし。死んじゃったのかなと思ったけど、人間のあなたがいるのなら、大丈夫なのかなって」

苦笑した女性に、ああ、と凪も笑う。

「それは、大丈夫だと思いますよ。ここは、人間もあやかしも関係なく、必要な人が来られるところだと聞いています」

「そうなのね。こんな場所があるって聞いたことはあるけど、実際に来るとびっくりするわ。

気がついたらここの玄関前にいたし」

ショートボブの女性は、凪より幾つか年上のようだった。宿泊客用の浴衣に羽織を羽織っており、気分転換に散歩に出たもののぼんやりしていたらここまで来ていたのだという。

少し話し相手になってくれないか、というお願いに、一瞬迷ったものの頷く。祖母以外の、あやかしが見える人間に初めて会ったからというのもあるが、女性が少しやつれており、疲れた様子が気になったというのもある。また、物怖じしない女性が話しやすそうな人だったというのも、躊躇う凪の背中を押した。

河原に点在する木製のベンチに、一人分の間隔を空けて、並んで腰を下ろす。

「……あの。あなたも、あやかしが見えるんですね」

今更な質問だったが、女性はなんら含むものもなさそうな様子で頷く。

「ええ。昔は、人に見えないって知らなくて気味悪がられたけど。幸いにも、小さい頃に色々教えてもらえたから、あまり苦労はしなかったわ」

「他にも、どなたかいらっしゃったんですか？」

自分にとっての祖母のような人がいたのだろうか。そう思いながら問うと、小さく笑った女性が「そうね」と頷いた。

「幼馴染《おさななじ》みが、あやかしなの」

「……え⁉」

驚きのあまり固まった凪に、女性が続ける。

「正確には、半分、あやかし。お父さんが、それなりに力のあるあやかしで、人間であるお母さんとの間に生まれたんだって、小学生のときに打ち明けてくれたの」

「……――。そういう方も、いるんですね」

「まあ、滅多にいないそうだけれど、いるにはいるみたい。彼くらい上手に隠してるなら、普通の人間と区別つかないと思う」

「初めて聞きました。……あやかしと人間で『伴侶』になる方もいるとは聞いていましたが」

「私も最初はびっくりしたわ。あやかしって、人には見えないものだと思っていたから」

そうして話を聞くうちに、その幼馴染みの所在がわからなくなっているのだと彼女は告げた。

「海外に仕事に行ってるんだけど、予定よりも帰りが遅れててね。心配になって連絡してみたんだけど、電話も繋がらなくて」

仕事の予定が延びただけなのか、なにかトラブルがあったのか。不安を抱えたまま日々を過ごし、不意に思い立って仕事帰りに近くの神社に来たところで、『ゆわい』の前に立っていたのだという。

「こういう場所があるっていうのは、随分昔、聞いたことがあったの。不思議な縁のある場所だって」

会うべき相手に出会ったら、あちらへ帰ることができる。出迎えたあやかしにそう言われたのだと聞き、凪は頷いた。

「あ。宿から帰る時は、来た時と同じ瞬間の同じ場所に戻されるそうです」

そう言い添えた凪に、女性がほっとした表情を浮かべた。

「よかった。さすがに、無断欠勤が続いたらやばいなと思ってたの」

そうしてじっと河原を見つめていた女性が、ぽつりと呟く。

「……帰ってきたらね、結婚する予定なの」

「……っ、そうなんですね。おめでとうございます」

「ありがとう」

ならば、相手が帰ってこないのは余計に不安だろう。かける言葉も見つけられず逡巡した凪は、ふと、あることを思いつき立ち上がる。

「あの、少し待っていて頂いてもいいですか？」

「え？」

目を見張った女性が頷くのを見て、宿に戻ろうと足を進める。すると、幾らも歩かないうちに、肩から丁がぴょんと飛び降り、着地すると同時に凪の腰辺りまである子供の姿になった。

「僕が行くよー」

はーい、と手を上げた丁に、ありがとうと微笑む。

「じゃあ、お願いしていいかな。この間、榛名さんに教える時に作った、梅結びの飾り、持ってきてくれる？　赤と白の紐で作ったやつ。わかる？」

「わかるー。大丈夫！」

そうしてたたっと駆け去っていった丁を見送っていると、背後から、恐る恐るといった声が聞こえてきた。

「い、今、あの子どこから出てきたの？」

どうやら、丙と丁は見えていなかったらしい。二人とも、普段は誰にでも見えるように凪の肩や頭の上に乗っていたりするのだが、女性が姿を見せた時点で、姿を隠していたのだ。

そうなると、時雨と同等の力を持つ相手にしか見えないそうだ。

「ええと、実は、ずっと近くにいて。すみません。ちょっと事情があって、傍についてくれてるんです」

かなりぼかして告げたそれに、そうなのね、と女性が呟く。再び女性のもとに戻り腰を下ろすと、さほど時間を置かずに丁が戻ってきた。はい、と凪に目的のものを差し出す。

「ありがとう、丁」

「どういたしましてー」

のんびりと告げた丁が、再び姿を消す。珍しそうにそれを見ていた女性に、持ってきてもらったものを差し出した。

「あの。よかったら、これもらってください」

「え？」

「たいしたものではないんですが、お守り代わりにでも」

掌に載せたそれは、凪が編んだ組紐で作った、梅結びの飾りだ。小さめの、幾つか大きさの違うものを繋げて、ぶら下がるような飾りに仕上げている。簪《かんざし》につけるようなイメージで作ったそれは、先日、榛名に飾り紐の作り方を教える際に見本としたものだ。

「わ、可愛い。え、これ手作り？」

差し出したそれをまじまじと見た女性は、続けて、驚いたように凪を見る。

「はい。……飾り結びは、それぞれに意味があって、梅結びは、絆《きずな》や縁、魔除けなんかを意味するそうです。だから、お祝い事によく使われる、と」

「ああ、そういえば聞いたことがあるわ」

「大切な人に出会えますように、と。そう願いを込めて作ったので。気休めにもならないかもしれませんが、よかったら」

そう続けた凪に、女性が「いいの？」と首を傾げる。

「私、なにも持たずにここに来たから……」

「大丈夫です。ここでお会いしたのも、なにかの縁でしょうから」

何気なく言ったその一言に、女性がこれまでで一番柔らかな笑みを浮かべる。

「そういえば、ここはそういう場所、だったわね。ありがとう。じゃあ、遠慮なく頂くわ」

そう言って差し出された掌に、飾りを載せる。そうして、矯《た》めつ眇めつそれを見ていた女性が、物凄く器用ねえと呟く。

「私、本当に手先が不器用で。こういうの作れるなんて尊敬するわ」

「小さい頃から、祖母に習っていたので。これくらいしか、出来ることはないんですが」

「あら、十分じゃない。胸を張って自慢すればいいのよ」

そうして、大切そうに飾りを袂《たもと》に入れた女性が、ふとこちらを見る。

「せめてなにか、お礼になるようなことはできないかしら？」

「いえ、そんな……」

「ううん。そうよねえ。お金も持ってないし、手ぶらじゃなにもできないしなあ」

肩を落とした女性に、ふとあることを思いつき、恐る恐る声をかける。

「あの、じゃあ……、少しだけ教えて頂きたいことがあるんですが」

「うん、なになに？」

「……――。結婚するって、どうやって決めたんでしょう」

凪の質問に、女性がぽかんとしたように目を見開く。そうして、もしかして、と呟いた。

「あなたも、結婚する予定があるの？」

「予定、というか……。ええと、保留中というか……」

視線を落とし、しどろもどろに呟くと、それ以上突っ込むことなく女性が「そうねえ」と逡巡するように視線を河原に向けた。

「私は、相手が幼馴染みだし、相手の事情も知っていたから、気心が知れていたっていうのが一番かしら。もちろん好きだったけど、なにより、これから一緒に歩いて行く相手として気負わずに自分のままでいられるから」

お互いに、良いところだけでなく悪いところも知っていて、それでも相手を嫌いにはならず一緒にいて心地好い。家族としてともにあるなら、自分はそういう人がよかった、と女性は柔らかな声で答えた。

「うちは、あんまり家族仲が良くなくてね。だから、恋愛的な気持ちよりは日常の平穏をとったって感じかなあ。もちろん、恋人としても好きだけど」

「……――」

女性の言葉に、俯いた凪は時雨の姿を思い浮かべた。

一緒にいて、安心できる。それは確かだ。けれどそれはあくまでも凪の感情であり、時雨がどう思っているかはわからない。

「なにを悩んでいるのか、聞いてもいい？」

そっと声をかけてくれた女性に、凪もまた、まとまらないままに言葉を紡ぐ。

「伴侶に、と言ってもらって。とても……、とても、大切に、してもらっているんです。けど、まだ会ったばかりで相手のことも、よく知らなくて。あ、もちろん凄く良い人だし、素敵な人なんですが！」

そうして一度言葉を切ると、自分の中にあった惑いを、そっと声にする。

「……嫌いではないですし、嬉しいとは思うんです。でも、相手と同じ気持ちで答えを返せるかと言われると、わからなくて。自分の気持ちがわからないから、返事もできないままで」

結局、なにも答えられないまま、世話になるばかりで甘えてしまっている。そう告げた凪に、女性は不思議そうに首を傾げた。

「ええと。それは、当たり前じゃない？」

「え？」

当然のように告げられたそれに、思わず顔を上げる。

「だって、相手のこと、あんまり知らないんでしょ？　あなたの様子を見ていたら、悪い人じゃないんだろうなっていうのはわかるけど、でも、そりゃあ見ず知らずの人にいきなり結婚してくださいって言われたって、答えられるわけないじゃない」

まあ、よほど顔が好みで条件がよかったら、人によっては考えずにオッケーするかもだけど。笑いながら言う女性に、凪はきょとんと瞬いた。

「……そういう、ものでしょうか」

「そうよ。それに、知らないなら知ればいいし、それにどのくらい時間がかかるかは人それぞれ。まあ、今時、お試しで結婚してみて合わなかったら離婚、っていうのも珍しくはないけど、あなたはそういう性格でもないでしょう？」

「そ、そうですね……」

一人で生きることさえ覚束《おぼつか》ないのに、結婚など考えたこともなかったのだ。

「なら、自分が納得できるまで相手と向き合ってみるしかないんじゃない？　それも待ってくれないような相手なら、お断りすればいいだけよ」

「お断り……」

「合わない相手と一緒にいても、不幸よ？」

「あの、でも。その人には、本当に、本当に色々とお世話になってしまっていて……」

「恩と結婚は別。そこを混ぜちゃ駄目よ。お断りするなら、別の形でお礼をすればいいじゃない」

そう言われ、膝の上で握った拳を見つめる。

自分は、一体どうしたいのか。そう思いながら、断る、という言葉を聞いた時に少しだけ動揺してしまったことも確かだ。

（……断りたく、ないのかな）

そんな身勝手な考えに、自分自身戸惑っていると、凪の様子を見ていた女性がにんまりとした笑みを浮かべる。

「あら、その様子じゃ、まんざらじゃないみたいだけど」

「え⁉」

「なんにせよ、待ってくれてるんなら、焦らずにもう少し考えてみれば？　こういうのは、自分一人で考えてても答えが出ないんだから、相手と向き合って、誰か相談出来る人を作って話すのが一番だと思うわよ」

私達には、そのために言葉っていうものがあるんだから。

そう笑った女性に、凪もほんの少し肩の力を抜いて微笑む。

「……先生みたい、ですね」

「当たり。実は、小学校の先生なの」

そうして、また少しだけとりとめのない話をし、話し始めた頃より少し元気になった女性が立ち上がる。

「そろそろ戻るわ。……なんだか、帰れそうな気がしてきたから」

「はい。ありがとうございました」

「こちらこそ。じゃあ、気をつけてね」

そう言い、手を振って宿の方へ戻っていく女性を見送っていると、ふと、宿の方から見知った姿が歩いてくるのが見えた。

「時雨さん……」

すれ違う際、女性が驚いたように時雨を見て、そうして、凪の方を振り返りにこりと笑う。ひらひらと振られた手に、苦笑しながら軽く手を振り返すと、そのまま女性は去って行った。

「凪」

「お疲れさまです。あの、お仕事は……？」

「休憩中だ。凪が散歩に出ていると聞いてな。迎えに来た」

「ありがとうございます」

にこりと笑った凪の前に時雨が立つと、そっと頰に掌が当てられる。温かな体温にどきりとしていると、時雨がうっすらと眉を顰めた。

「冷えている。そろそろ戻るぞ」

「あ、はい」

するりと、頰に当てられていた手が下に降り、当然のように手を握られる。促すように歩き始めるそのスピードはゆっくりで、凪の足に合わせてくれていた。

「……あちらに、帰りたくなったか？」

しばらく無言で歩いていた時雨が、ぽつりと呟く。一瞬なにを聞かれたかわからなかった凪は、幾度か瞬きし、慌ててかぶりを振った。

「いえ、ちょっとお話ししていただけで。戻りたいとか、そういうのは……」

なぜか言い訳めいた言葉になってしまったそれに、だが、時雨が「そうか」と答える。その声に、ほんの少し、安堵が混じっていると思ったのは、凪の願望だろうか。

握られている手の力が少し強くなり、その強さが、なぜか心地よかった。

「あ、あの。すみません。そういえば、飾りを一つ、あの方に差し上げました。夏乃さんに確認してもらってるものなので、大丈夫だと思うんですが……」

「ああ、大丈夫だ。さっきすれ違った時に気配はしたが、さほど強くはないからな。あちらに戻れば多少効果は増すだろうが、あの人間がここに来たのは、凪に会うためだったのだろう」

「俺に、ですか？」

「凪にとっても、必要な縁だったのだろう。……案ずるな。願いは、きっと叶う」

そう告げた時雨に、そうですか、と胸を撫で下ろす。どうか、無事に恋人と会えますようにと願いつつ、二人で寄り添うようにして宿に戻る。

「……あの、時雨さん」

「ん？」

幾度か迷いながら言葉を探し、だが、思い切って声をかける。

知らないなら、知ればいい。女性の言葉に背中を押されながら、時雨を見上げた。

「……お時間のある時で、良いので。時雨さんのこと、もっと教えてもらっても、いい、でしょうか。ええと、あの、ちゃんと考えたいなって……」

結局、羞恥からしどろもどろになっていると、ぴたりと時雨が足を止める。それに合わせて立ち止まると、不意に、身体に腕が回り抱き寄せられた。

「……――っ」

驚きに固まると、背中に回った腕に力が込められる。どきどきと壊れそうなほどに心臓の音が速くなるのが、自分でもわかった。

「あ、あ、あの、時雨さん……」

「ん？」

「な、なんで、これ……」

顔が熱い。身体を包む体温と、頬に当たる硬い胸板の感触に、半ばパニックになりながら回らない舌を動かす。

「嬉しいからだ。凪が、私のことを、真剣に考えてくれていることが」

つむじのあたりに柔らかなものが触れ、口づけられたと気づくなり、足から力が抜けそうになってしまう。ずるりと滑りそうになる身体を、ひょいといつものように抱き上げられてしまい、さらに慌てた。

「あ、あ、あ、歩き、ます！」

「私が運びたいのだから、気にせずともよい」

「俺が、気にします……っ！」

恥ずかしさのあまり、時雨の着物を摑みながら声を上げる。けれど、上機嫌な様子の時雨は、凪を下ろすことなく宿の方へ歩き始めた。

「凪になら、幾らでも話そう。なにが聞きたい？」

「……好きな、もの、とか？　でしょうか？」

改めて聞かれると、なにから質問していいのかわからず、疑問形になりながら首を傾げる。

その様子に喉の奥で笑いながら、時雨が答えた。

「凪だな」

「答えになってません」

「私の一番は、凪だからな」

「……――うう」

楽しげな時雨の声に、それ以上問いを重ねることができなくなる。

けれど、凪が知りたいと伝えて時雨が喜んでくれたことが無性に嬉しくもあり、どきどきしながらも、そっと時雨の顔を見た。そうして視線が合うと、時雨が優しく目を細めて微笑んでくれる。

「……急がずとも良い。凪の答えが出るまで、待っている」

だから、安心していい。そう言われた気がして、ほっと頰を緩めると、不意に顔が近づい

てくる。突然のことに反応できずにいると、唇に柔らかなものが一瞬だけ触れた。

「あ……」

「まあ、だからと言って、口説かないわけではない」

「な、なな……っ！」

「そんな可愛い顔でこちらを見る、凪が悪い」

「……――っ！」

キスをされたのだ、と。そう理解した瞬間、頭が沸騰するかと思うほどの羞恥が込み上げた。真っ赤な顔で唇をわななかせながら時雨を見ると、返されたのは、不敵な笑み。

「……早く、私に堕ちてくるといい」

そうして、耳元で囁かれたそれは、ひどく甘く。そして、身体の奥をざわつかせるような淫《みだ》らな色を浮かべていた。

◇◇◇

「あわわ……。凪《なぎ》様、本当に申し訳ありません。こんなことまでさせてしまって」

「そんなに謝らなくても大丈夫だよ、幹太《かんた》君。俺にできることなら、幾らでも手伝うし」

数日後の午前中、従業員用の宿舎となっている別棟を訪れた凪は、慌ただしい雰囲気の中、入口にほど近い一室でひたすら桜の花を花器に生けていた。

凪が『ゆわい』に来てから、二月ほどが経っただろうか。桜の花が満開になった頃に合わせて、『ゆわい』恒例の花見が行われるのだという。

とはいえ、人間の世界での花見のように宴会が開かれるというわけではなく、宿の庭に咲いている最も樹齢の長い桜の木にお供え物をし、客室や従業員の部屋に飾る枝を分けてもらい、それぞれの部屋に飾るのだという。

また、宴会とまではいかないが、希望があれば、庭で花を見ながら食事が出来るようにもしているそうだ。料理も、この日のための特別メニューとなるらしく、凪も密かに楽しみにしていた。

「それにしても、凄い量だね」

宿全体に花を飾ることになるため、桜の枝も、花器も、なかなかの量だ。凪達がせっせと生けた花器は、先ほどから他の従業員達が入れ替わり立ち替わり運び出していっている。

「そうなんです……。毎年、楽しみな行事なんですが、なにせ準備が大変で」

凪の傍で、せっせと桜や花器を運んだり、切り落とした枝を片付けて補助している幹太が、溜息《ためいき》とともに零《こぼ》す。

ちなみに、普段、この作業は他の仲居がやっているのだが、今年は一番慣れているその人に孫が生まれ、娘に手伝いを頼まれ休暇をとらなければならなくなり、総二郎《そうじろう》と相談しているところに居合わせた凪が手伝いを申し出たのだ。

「でも、折角こんなに綺麗《きれい》に咲いているのをお裾分《すそわ》けしてもらったんだから、みんなに見て楽しんでもらえるといいね」

「はい！　にしても、凪様、本当に器用ですねえ」

「そうかな？　きちんと習ったわけじゃないから、自己流なんだけど」

話しながらも、花器の大きさに合った枝を選び、できるだけ見栄えがよくなるように生けていると、不意に、幹太の悲鳴のような声が響いた。

「ああああ……」

「ど、どうしたの？」

大きめの、やや縦長の花器の前で青くなっている幹太の傍に近づくと、花器を張り付くようにして見ていた幹太が泣きそうな顔で振り返った。

「か、花器に傷が……」

よく見ると、上部が少しくびれた形になっているその花器の、くびれあたりにかすかな傷が入っていた。近づいて見なければわからないだろうが、お客さんの前に出すには微妙だ。

「これ、どこに飾るの？」

「帳場の前です……。あああ、ちょうどいい予備あったかな……」

慌てふためいている幹太を横目に少しの間花器を眺めた凪は、うん、と小さく呟《つぶや》いた。

花器は、乳白色に地紋がある上品だが比較的シンプルなものだ。

（ちょうどいいくびれもあるし。帳場の前なら、触ったりする人もいないだろうし……）

そう思い、丙《ひのえ》、と肩に乗っている子鬼に声をかけた。

「どうした？」

「ごめんね。ちょっとだけ部屋に戻って、幾つか組紐《くみひも》を持ってきてもらえないかな？」

「承知」

そう言った丙が、子供サイズになり部屋から出て行く。本当なら自分で取りに行くのだが、今日は昼食の時間までこの部屋から出ないようにと、時雨《しぐれ》から指示されているのだ。

「凪、なにか思いついたー？」

幹太の頭の上に乗っていた丁《ひのと》がのんびりと尋ねてくるのに、うん、と頷《うなず》く。

「といっても、応急処置的な感じだし、ちゃんとできたらだけど」

「え、え？　凪様、なにかされるんですか？」

忙しい中でのトラブルで、パニックになりかけていた幹太をひとまず落ち着かせる。

「上手《うま》くいくかわからないから、別の花器は探しておいてもらった方がいいかも」

「は、はい！」

ぴしっと姿勢を正し、急いで部屋を出て行こうとした幹太が、入口にある障子を開いた瞬間、ぴたりと止まった。ぶわっと尻尾《しっぽ》が膨らみ、慌てて障子を閉めようとしたところで、誰かの手に遮られる。

「……――お前」

黒髪に、赤い瞳の長身の男が、眉間《みけん》に皺《しわ》を寄せてこちらを見ている。その向こうには華やかな着物を身に纏《まと》った女性がおり、そちらも目を眇《すが》めて凪を見ていた。

（誰、だろう……）

歓迎されていないことだけは雰囲気でわかるが、どうして睨《にら》まれているのかがわからない。

「お前が、兄上の連れてきた人間か」

低い声で告げられたそれに、目を見張る。咄嗟《とっさ》に時雨の顔が脳裏に浮かぶ。

（時雨さんの、弟さん……？）

「お前のような者に力を分けたせいで、兄上は頭領の座も、その……――っ！」

「そこまでだ」

不意に白いものに視界が遮られ、慌てて一歩退くと、大人《おとな》サイズになった丁が凪を隠すように前に立っていた。

「主の許可なく近づくことも言葉を交わすことも、まかりならぬ」

普段ののんびりした喋《しゃべ》り方とは全く違うそれに、部屋の中に緊迫した空気が流れる。

思いがけない事態に不安が過《よぎ》り、口を噤《つぐ》んだまま様子を窺《うかが》っていると、不意にぱさりと軽い音が耳に届いた。

「これ。お主ら、こんなところでなにをしておる」

涼やかな女性の声に、丁の後ろから少しだけ顔を覗《のぞ》かせると、入口に立つ男と幹太の間に割り込むように、銀色に見えるほど白くきらめく髪をした女性が立っていた。

「時雨に追い返されたのじゃろ？　鬼の一族の頭《かしら》が、こんなところで寄り道なぞしておる場合か。さっさと帰って働きや」

ぱたぱたと持っていた扇子《せんす》を広げて追い払うように煽《あお》ぐと、男が舌打ちして踵《きびす》を返す。後に続いた女性とともにその姿が見えなくなったところでほっと息を吐くと、丁が再び小さくなり凪の肩に乗った。

「凪、大丈夫ー？」

「うん、俺は全然。ありがとう」

心配してくれる丁の声に笑いながら答えると、幹太が腰《こし》を抜かしたようにへたりこんでいた。

「あー、怖かった。先代様、ありがとうございます。助かりました」

「お主も、相変わらずうっかりよの」

「しゅっと開けて、しゅっと閉めるつもりだったんですよう」

しょんぼりとした幹太の頭を、白銀の髪の女性が閉じた扇子でぽんぽんと軽く叩《たた》く。

「まあ、今回のはタイミングが悪かっただけじゃ。それより、どこかに行こうとしておったのではないか？」

「あ！」

思い出した、といったふうに幹太が声を上げて立ち上がると、女性が、部屋の外を扇子で指した。

「妾《わらわ》が残ってやるゆえ、行っておいで」

「ありがとうございます！」

元気な返事とともに駆け去っていった幹太を見送っていると、障子を閉めた女性がこちらを見る。にこりと向けられた笑みに、反射的に頭を下げた。

「あ、あの。初めまして」

「初めましてじゃの。妾は、柊《ひいらぎ》。この宿の先代の店主じゃ。よしなにの」

「先代の……。あ、俺は、御坂《みさか》凪です。今、ここでお世話になっていて……」

「事情は、時雨から聞いておる。そなたも難儀よの。ああ、そんなに硬くならずともよい。隠居した年寄りじゃからな」

ころころと笑った柊が、凪と向かい合うように腰を下ろす。そうして、懐かしそうに部屋の中を見渡した。

「桜の宴は、準備が大変じゃろうて。それで、幹太は慌ててなにをしに行ったんじゃ？」

首を傾《かし》げた柊に、凪もはっと我に返る。すると、タイミングよく丙が数本の組紐を手に戻ってきた。

「凪。花器に合いそうなやつを持ってきた」

「ありがとう。わざわざごめんね」

「問題ない」

丙から受け取った紐の中から、白銀と薄紅の二色を選び、飾り結びをする。二重叶結《にじゅうかのうむす》び、玉房結《たまふさむす》びと几帳結《きちょうむす》びを組み合わせた大きめの結び、小さめの玉房結びなどを組み合わせ、縦に幾つか並ぶように作っていく。上部はかけられるように輪にして、出来上がったそれを傷のついた花器にかけた。傷も隠れ、床につかない程度まで房が下がり、長さもちょうどよかった。

「ほう。なかなかの腕じゃの」

「小さい傷がついてしまっていて。客室に置くものではないので、もし予備がなければこれで誤魔化せるかなと思ったんですが」

そう言いながら苦笑すると、いや、と柊がまじまじと見て告げた。

「これは、帳場に置くものじゃろう？　ならばこのままで良い。桜の邪魔をせぬよう色合いも考えられておるし、見目も華やか。これなら、客も楽しめるじゃろ」

にこりと笑った柊に、ありがとうございます、と頰《ほお》を緩める。咄嗟の思いつきだったが、思った以上に評価してもらえて嬉《うれ》しくなってしまう。

「凪様、すみません。やっぱりちょうどいい予備が……、って、うわ！　凄い！」

とぼとぼと戻ってきた幹太が、飾られた花器を見て声を上げる。紐で飾ったそれをあちこちから眺め、最後に柊を見る。同時に、口端を上げて親指を立てた柊に、幹太が諸手を挙げて喜んだ。

「あああ、よかったー！　総二郎さんと夏乃《なつの》さんに締め上げられなくてすむー！」

どうやら、本音が零れたらしい。それに思わず笑ってしまっていると、からりと障子が開いた。

「おや、私の名前が聞こえたようですが？」

にこりと優しい笑みを浮かべた総二郎の姿に、幹太が両手を挙げた状態で固まる。

ぎぎぎ、と音がしそうな動きで入口を見ると、総二郎がそのままの笑みで幹太に告げた。

「幹太、後で諸々お説教です」

「……――」

がくりと肩を落とした幹太を横目に、総二郎がこちらを見る。

「凪君。大旦那様《おおだんなさま》から、それが終わったら部屋へ来て欲しい、とのことです。急ぎませんので、ゆっくりでいいですよ」

「あ、はい！」

「それから、先代。凪君の仕事の邪魔はしないように」

「わかっておる」

では、とにこやかな顔のまま去って行った総二郎の姿が見えなくなったところで、幹太が力尽きたように膝《ひざ》と手を床につく。

そうして、打ちひしがれた姿にどうしようかと迷い、結局は「頑張れ」と小さな声をかけることしかできなかった。


仕事を終え、時雨の部屋へ行くと、そこでは先ほど会った柊と、時雨の友人である早霧《さぎり》が揃《そろ》ってお茶を飲んでいた。

「凪君、お疲れー」

「早霧さん、こんにちは」

ぺこりと頭を下げると、ええと、と時雨を見遣《みや》る。

部屋の中央に置かれた座卓。床の間を背にして座った時雨に手招かれ近づくと、隣に座るよう促された。

そうして腰を下ろすと、向かい側に座る柊がにこりと笑む。

「疲れたじゃろ。凪も茶でも飲んでゆっくりすると良い。ほら、土産《みやげ》の菓子じゃ」

言いながら、座卓の中央に置かれた漆塗りの皿をこちらに寄せてくれる。皿の上には、数種類の煎餅《せんべい》が並べられており、顔立ちの綺麗な三人が並ぶ優美な雰囲気から、一気に親近感が湧いて微笑《ほほえ》んでしまう。

「ありがとうございます」

頭を下げると、はい、と早霧がお茶を淹《い》れて差し出してくれる。

「わわ、すみません！」

恐縮して再び頭を下げると、早霧が「気にしないで」と軽く手を振る。

「この二人なんか、顎《あご》で俺を使うから。凪君みたいに可愛《かわい》い子のためなら、幾らでも」

「早霧」

「はいはい。おっかない顔してると、凪君に嫌われるよ、時雨」

仲の良さそうなやりとりを頬を緩めて眺めていると、不意に、時雨がこちらを向いた。その表情がどこか心配そうで、ざわりと胸が騒ぐ。

（もしかして……）

先ほどの、別棟での出来事が脳裏を過り、息を呑《の》む。

「奏矢《そうや》に会ったと聞いた。なにもされなかったか？」

頬を軽く撫《な》でられ、ちらりと柊の方を見ると、肯定するように目を細められた。その仕草に再び時雨を見ると、こくりと頷いた。

「別棟で会った方が、奏矢さんとおっしゃるのなら、はい、特にはなにも」

そう答えると、ほっとしたように時雨が優しく目を細める。

「すまぬな。あいつには会わせたくなかったのだが」

「いえ、それは。でも、あの……」

『お前のような者に力を分けたせいで、兄上は頭領の座も、その……──っ！』

ふと、先ほど奏矢が言いかけた言葉が蘇る。こちらを憎々しげに見ていた奏矢の態度と、あの言葉。そこから導かれるのは、ひどく嫌な予感だった。

（もしかして、初めて会った時……──）

時雨と再会した時には、薄ぼんやりと靄《もや》がかかっていた昔の記憶が、『ゆわい』で過ごすようになり時間が経つにつれ徐々に鮮明になってきていた。

幼い頃、雪葉《ゆきは》を助けるために、凪は大怪我《おおけが》を負ったはずだった。けれど、今の凪にその形跡はない。助けてくれたのが時雨だとして、どうやって、と考えたら不安が胸をざわつかせた。

あやかし自身に、人を癒す力はないらしい。再会した時、時雨が凪の怪我を治したのは、少しばかり時雨の力を凪に流して回復力を早めたのだと、丙や丁から教えてもらった。

ならば、小さな凪を助ける時も、やはり時雨は力を分けてくれたのではないか。そしてもし、その頃の時雨がこの『ゆわい』の店主ではなく鬼の一族の頭領であったなら……。

「あの、時雨さん」

だが、そこにあった少し困ったような時雨の笑みで、その考えがあながち外れていないことを悟る。

「もしかして、昔、俺を助ける時……」

そう呟いた瞬間、気がつけば時雨の腕の中に抱き寄せられていた。驚きに目を見張っていると、ぽんぽんと、宥《なだ》めるように軽く背中が叩かれる。

「そんな顔をするな。確かに、凪を助けるために、多少力は分けた。だが、それは些末なことだ」

「時雨さん……」

「ちょうどその頃、私は隠居し、鬼の一族の頭領を奏矢に指名することになっていてな。色々とタイミングが悪く、あれが納得しなかったのだ」

苦笑しているとわかる声で告げたそれに、だけど、と呟く。

決して、凪のことは無関係ではないはずだ。そう思い、無意識のうちに時雨の着物を摑《つか》むと、早霧が呆《あき》れた声で続けた。

「ブラコンだからなあ、あいつ。大好きなお兄ちゃんが、傍からいなくなるのが嫌だったんだよ」

からからと笑ったそれを、時雨は否定しない。

「年が離れていたこともあって、甘やかしてしまった面もある。だが、頭領の交代は、私の一存ではなく一族の古老達の総意だ。次代に繋《つな》ぐには、早いうちから経験を積ませる必要があるゆえな」

「まあ、突発的な場合と地位にしがみついてる場合を除けば、上の交代なんざそんなもんだろ。自分がフォローできるうちに次を育てにゃ、下が立ち行かなくなる」

うちも、ようやく譲れそうな候補が出てきたから鍛えてる最中だしな。そう続けた早霧の言葉に、ほんの少し肩から力が抜けた。

（でも、それでも……）

自分を助けたことで、時雨の立場が悪くなったのなら。自分はどう償えばいいのだろう。

そう思いながら時雨の胸元で、唇《くちびる》を引き結ぶ。罪悪感と、なにもできない自分に対する歯がゆさ。それらが、重く肩にのしかかる。

「なあに、そんなに深刻にならずとも、凪は凪のできることをすればよい」

のんびりとした柊の声に、ぱっと振り返る。自分に、出来ることがあるのだろうか。そう思い問い返そうとしたが、再び時雨に抱き込まれ遮られてしまう。

「え、あ、あの、時雨さん！」

「柊」

「はいはい。余計なことは言わぬよ。だが、選択肢を与えてやるのも大人の務めというもの」

「わかっている」

頭上で交わされるやりとりの意味はわからないまでも、時雨が凪に聞かせたくないことがあることだけはわかった。

そして同時に、胸にもやもやしたものが湧き上がり、時雨の胸に顔を伏せたままわずかに唇を歪《ゆが》める。自分だけ、教えてもらえない。そんな、子供のような疎外感を感じてしまった自分が、ひどく嫌だった。

(時雨さんは、気遣ってくれてるだけなのに)

凪は、なにも気にしなくて良いと。自分がやったことだからと。そう言っているのはわかる。だがそれでも、自分にできることがあるのなら、時雨のためになにかしたかった。

(子供みたいだ……)

早霧や柊のように、時雨の隣に並んで支えることなど、とてもできない。けれど、どうしてかそれが、ひどく悲しく悔しかった。

こんな感情は、知られたくない。知られたら、きっと、呆れられるか軽蔑されてしまう。

「……——」

声にならない声で呟いた時雨の名が聞こえたのか、背中に回された腕にわずかに力が籠もる。そんなささやかなことに安堵《あんど》し、けれど、いつしか甘やかされることに慣れてしまった自分に唇を噛《か》み、凪はそっと目を閉じた。

◇◇◇

「わあ、可愛い！」

まだ幼さの残る女の子の声に微笑みながら、凪は、膝をついて目線を合わせる。

「よかったら、大切にしてね」

ぱたぱたとせわしなく揺れる尻尾で嬉しさを表している豆狸の女の子は、凪の声に手にした根付《ねつけ》をぎゅっと握りしめて頷いた。飾り紐と小さめの色石を組み合わせて作った桜色のそれには、女の子が元気に過ごせますようにと祈りを込めた。

「うん！　ありがとう、お兄ちゃん！」

「ありがとうねえ。帳場の前に飾ってた花器の前からなかなか離れないくらい気に入っていてね。良い思い出ができたよ」

女の子の頭を撫でる母親に、凪は立ち上がると軽く頭を下げた。

「いいえ。きちんとお代も頂きましたし、喜んでもらえてよかったです」

「凪様、妹のために、本当にありがとうございます」

女の子の隣でぺこりと頭を下げる幹太にも、ゆるゆるとかぶりを振る。

「このくらい、たいしたことじゃないよ。幹太君には、いつもお世話になってるし」

桜の季節に合わせて『ゆわい』に泊まりに来るあやかしは多く、中には、従業員の家族が訪れることもある。数日前から宿泊している幹太の家族もその中の一組で、年の離れた末妹が出掛けられる歳《とし》になったため久々に宿を訪れたそうだ。

そしてその末妹が、帳場で見つけた凪の作った組紐の飾りをいたく気に入ってくれたらしく、桜の季節が終わったら譲ってもらえないかと母親から幹太を通して打診があったのだ。

もちろんそのまま譲っても良かったのだが、あれはあくまでも花器に合わせて作った応急処置的な飾りだったため、よければ新しく末妹の子が身につけられるようなものを作ろうかと提案したのだ。

幹太の妹ならば無償でもよかったのだが、それは幹太に固辞された。前例を作ってしまえば際限がなくなるからと総二郎にも言われ、従業員に依頼された際と同じ報酬をもらうことで決まったのだ。

急な話でもあったし、帰った後に送ってもらえればいいと言われていたのだが、折角なら直接渡して喜んでもらいたいと、最終日のチェックアウト直前にどうにか間に合わせた。おかげで昨夜はあまり寝られなかったが、それでもこうして嬉しそうな笑顔を見ると、頑張ってよかったとしみじみ思う。

「……ほう？　ここで人の子を見るとは、珍しいな」

「……っ！」

突如、背後から低く嗄《しゃが》れた男の声がして、慌てて振り返る。するとそこには、老齢の、だが矍鑠《かくしゃく》とした和装姿の男と、傍に控える数人の男が立っていた。桜の季節に入ってから、凪も手伝いで宿泊棟や帳場付近に出てくることが増えていたものの、こんなふうに宿泊客から声を掛けられたのは初めてだった。

「あの……？」

「それ以上は、近づかないでいただこう」

ふっと、正面に影が差し、薄灰の着物に視界が遮られる。見れば、先ほどまで肩の上にいた丙が大きくなり、凪を背後に隠すように立っていた。

「丙……？」

どこか緊張を孕《はら》んだ様子の丙の名を呼ぶと、老齢の男が薄く目を眇めた。

「子鬼風情が、偉そうな口をきく」

「ここでは、あやかしの地位など関係はない」

「そうさな。だが、客に無礼な態度を取るのが、この宿の流儀か？」

その一言に、思わず肩が震える。どうして険悪な雰囲気になっているのかはわからないが、その原因が凪にあることだけはわかった。

「あの……」

「お客様！　こちらは、この『ゆわい』主人の大切な客人。護衛につけた者の対応を優先するよう、我ら従業員も申しつけられております。申し訳ありませんが、お引きください」

だが、凪の声を遮るように、幹太が慌てた様子で丙の隣に立つ。そうしてきっぱりと告げたそれに目を見張ると、老齢の男がふんと小馬鹿にしたように鼻を鳴らす。

「この宿も、主人が替わり品位が落ちたものよ。荷物持ちの分際で、我に意見するか」

そう言い、男が持っていた扇子を幹太に向ける。その瞬間、嫌な予感がして思わず声を上げた。

「幹太君！」

「……――っ！」

ぱしっと、鋭い音が響き、だが、その扇子は幹太に当たる手前で別の扇子に止められていた。男が、ちっと忌々《いまいま》しそうに軽く舌打ちする。

「天狗《てんぐ》の御方は、相も変わらず野蛮なこと」

溜息交じりのぴしりとした女性の声に、はっと我に返る。見れば、男の扇子を止めたのは、まだ若い女性のあやかしだった。そして、その女性の顔を見た途端、凪は目を見張る。

（時雨さんの弟さんと一緒にいた……）

あの日、時雨の弟に会った際、その後ろでこちらを厳しい眼差《まなざ》しで見ていた女性だった。

「鬼の小娘か。頭の許嫁《いいなずけ》がこのようなところでふらふらしているとは、よほど鬼の一族は暇だと見える」

「あら、ご隠居様ほどではありませんわ。それより、こちらの方は、私と先約がありますの。

連れて行かせて頂きますね」

ころころと笑った女性は、凪に視線をやると「おいでなさい」と促してくる。ほんの一瞬考え、すぐに丙の背中を軽く叩くと、「はい」と頷き女性の方へ足を踏み出した。

「あ！　お兄ちゃん、またね！」

慌てたような女の子の声に、ちらりと振り返ると微笑んで手を振る。そうして、迷いのない足取りで踵を返しラウンジを出て行く女性の後ろに続いた。

「鈴波殿《すずはどの》」

すると、誰かが呼んだのか、奥の従業員エリアから出てきたらしい総二郎が近づいてくる。眉《まゆ》を顰《ひそ》めた総二郎に、女性——鈴波が軽く手を振る。

「少しお話がしたいだけです。時雨様の子鬼も一緒で構いません」

そうして、ちらりとこちらを見た鈴波に、凪も頷く。

「丙が一緒でも構わないのなら。あの、大丈夫ですから」

鈴波を止めようとした総二郎を、にこりと笑って制する。どちらにせよ、入口にほど近い、宿泊客が行き来する場所でこれ以上揉《も》めるのはよくない。先ほど老齢の男にああ言った手前、鈴波についていった方が宿にも迷惑がかからないだろう。

（それに、嫌な感じはしないし……）

丙が大人しく凪の後ろをついてきているのが、その証拠だ。好意的ではない——むしろ厳しい雰囲気はあるが、多分、害意はない。

「では、私も――」

「お話に一切口を挟まないとお約束くださるのなら、構いませんわ。そうでないなら、ご遠慮ください」

自分も同席すると言う総二郎の言葉を、鈴波が遮る。

「鬼の一族の方と凪様のみで対面させることは、許可が下りていません」

「この血にかけて、今日のところはお話だけと確約いたします。あやかしの、血の約定は絶対。許可は、あなたたちに対してのものでしょう？　どうするかは、この方が決めることではなくて？」

目を細めてこちらを見た鈴波と、厳しい表情の総二郎。二人の顔を順に見た後、凪は、総二郎に告げた。

「総二郎さん。丙もいてくれますから、大丈夫ですよ。時雨さんには、後で俺から説明しておきます」

「ですが……」

「ならば、妾が同席しようかの。なあに、小娘に手出しはさせぬし、話の邪魔もせぬよ」

軽やかな声とともに、どこからともなく姿を現した柊が、広げた扇子で口元を隠して楽しそうに目を細める。その姿を見た鈴波が、一瞬、不快そうに口元を歪めたものの、すぐに表情を消すと「それで結構です」と告げた。

「……――わかりました。柊様、よろしくお願いします」

わずかな沈黙の後、頭を下げた総二郎に柊が鷹揚《おうよう》に頷いてみせる。

「あいわかった。ほら、そこな小娘。さっさと行くぞ」

「小娘じゃないわよ！　うるさいわね、指図しないでよ！」

咄嗟に言い返した鈴波が、悔しそうにぎりぎりと歯噛みする。先ほどまでの落ち着いた様子から、急に噛みつくような態度に変わったことに驚き目を見開いていると、二人はさっさと客室の方へと歩いて行く。

「凪、行くのか？」

ぽんと両肩に手を置かれ背後を見ると、どこか心配そうにこちらを見下ろしている丙がいた。それに、大丈夫、と笑って頷いた。

「話をするだけ。それに、なんとなく悪い人じゃない気がするから」

そう言った凪に、先に行っている鈴波の声が飛んでくる。

「ちょっと！　なにぐずぐずしてるの。さっさとしなさい！」

「あ、はい！」

苛立《いらだ》ちを含んだ、けれど、先ほどまでより随分と若さを感じさせるその声に、凪は、なんとなく親しみを覚え小さく笑いながら二人の後を追うのだった。

鈴波に連れられてきたのは、『ゆわい』の客室、翠《みどり》の間《ま》と呼ばれる場所だった。

この宿では、二番目に広い部屋で、あやかしでも地位の高い者が長期滞在する際に使われることが多いらしい。一般の宿泊棟とは別の離れにあり、和洋折衷のその部屋は、客室というより別荘といった風情だった。

行ったことはないが、リゾートホテルの部屋はこんな感じなのだろうか。そう思いながら、凪は、広々としたフローリングの部屋に置かれたソファに背筋を伸ばして座っていた。

ソファテーブルを挟んだ向かい側には鈴波が座り、隣には柊が、そして後ろには丙が立っている。そうして、腰を下ろして落ち着くなり、鈴波が口火を切った。

「一応、名乗っておきます。私は、鬼の一族、現頭領奏矢の許嫁で、鈴波と申します」

「御坂凪です。よろしくお願いします」

はきはきとした鈴波の言葉につられるように、凪も名乗りながら頭を下げる。

そうして、頭を上げると同時に、鈴波の挑むような視線にぶつかる。

「単刀直入にお聞きします。あなたは、このまま時雨様を見殺しにするおつもりですか」

「……え？」

突如告げられた不穏な言葉が理解できず、困惑する。背後で、丙が動きかけた気配がして、反射的に声を上げていた。

「丙、駄目だよ」

「だが……」

躊躇《ためら》うような丙の声に、ゆっくりとかぶりを振る。そうして、ちらりと隣に座る柊を窺うと、優しく目を細めた表情が視界に入った。

好きにするといい。そう言われた気がした。

怖い。咄嗟に、そう思った。なんとなく、ひどく嫌な予感がし、膝の上で拳を握る。

「……すみません。俺には、鈴波さんの言っていることの意味がわかりません。どうしてそうおっしゃるのか、教えて頂けますか？」

震えそうになる声をどうにか抑え、真《ま》っ直《す》ぐに鈴波を見つめる。すると、鈴波もまた、こちらを見据えたまま告げた。

「時雨様は、一族の禁を犯したことで、頭領の座を追われました」

「一族の、禁……？」

「鬼は、あやかしの中でも特に力が強い。ゆえに、その力が害とならぬよう一族内の掟《おきて》が厳しいのです」

そこで一度言葉を切った鈴波は、ゆっくりと続けた。

「時雨様の犯した禁は、伴侶の契りを交わしていない人の子に、自らその力を与えたこと」

「……っ！」

目を見開いた凪を見据え、鈴波がさらに言葉を重ねる。

「頭領の座を追われた時雨様は、この『ゆわい』の店主となりました。ここは、あやかしの力が封じられる場所。店主はある程度の力を使えるとはいえ、条件がある。本来持つ力の大半を使えなくなるという意味では十分な罰になると、古老達とそこの先代店主の間で取り決められました」

その言葉にちらりと柊を見ると、にこりと微笑まれる。やはりそれは、本当のことなのだろう。

「ですが、私があなたに言ったのは、そのことではありません」

「……――」

凪に力を与えたのが元で、時雨がこの『ゆわい』の店主に収まることとなったのは、先日奏矢が凪に向けて放った言葉で想像はついていたし、時雨も否定はしなかった。

頭領の座を退くのは決まっていたことであるし、ここの店主になったことに後悔はないと。

とはいえ、やはり自分を助けたことが原因だったと聞くと、胸が痛んだ。

そして、鈴波が告げた『見殺しにする』という言葉を思い、改めてじわりと冷や汗が浮かぶ。自分の知らない事実。それが、嫌な予感に拍車をかけた。

「あやかしの力の大きさは、その者の寿命に反映される。……時雨様は、力の大部分をあなたに渡した。この意味が、わかる？」

「あ……——」

まさか。そう思いながら、震える拳を握りしめると、やはりと言うように鈴波が溜息をついた。

「時雨様が、あなたに言うわけはないわね」

「あの、まさか……。時雨さんの、寿命、が……」

目を見開いたまま掠れた声で呟くと、鈴波がゆっくりと瞼《まぶた》を下ろし答える。

「そうよ。あなたに力を渡したことで、あの方の寿命は大きく削られた。あやかしの世とも、人の世とも違うこの特殊な場所だから、多少延ばせはするけれど」

「……——っ！」

ひゅっと喉《のど》が鳴り、息が止まる。かたかたと身体《からだ》が震え、直後、背後から焦りを含んだ内の声が耳に届いた。

「凪！」

ぐっと両肩を掴まれ、その反動で呼吸を思い出し息を吐くと、ぐらりと身体が傾ぎそうになる。

「あ……——」

両肩を内に支えられながら、ソファの背に身体を埋《うず》める。身体の震えを止められないまま鈴波の顔を見ると、厳しい眼差しにぶつかった。

「……──っ、あの！　なにか、なにかありませんか⁉　もらった力を、返す方法が！」

弾《はじ》かれるように前のめりになりながらそう告げると、鈴波が感情のない声で続けた。

「あります。ですが、それをあなたができますか？」

「教えてください！」

時雨を救える手立てがあるのなら。迷わずそう答えた凪に、鈴波が目を細める。

「……──あなたの命を──血肉を、時雨様に捧げれば」

あやかしは、その血肉を取り込んだ者の力を、自身のものにすることができる。

ただし、相手との力の差がありすぎると、逆にその身には毒となり取り込んだ力に滅ぼされてしまう。

「時雨様が、あなたを取り込めば、あなたに渡した力は時雨様に戻る。元々は、ご自身の力ですから力に害されることもない」

「……──」

けれど、それを聞いた瞬間、凪は唇を噛んだ。その表情に、鈴波は凪を責めるように目を眇めた。

「ほら、ごらんなさい。できない……」

「どうすれば、時雨さんに、食べてもらえるでしょうか……」

あの優しい人にそうして欲しいと言っても、頷かないだろう。すでに鈴波の反応など目にも入らず、どうすればいいかと思いながら呟けば、そんな凪の言葉に鈴波が絶句していた。

「……は？」

「時雨さんの手で、じゃないと駄目なんでしょうか？」

一切の躊躇いもなく淡々と続けた凪に、鈴波の表情が次第に困惑したものになる。

「あなた、意味がわかっているの？」

眉を顰めた鈴波に、ようやく凪の目の焦点が鈴波に合わせられ、困ったように微笑んだ。

「わかっている、つもりです。……元々は、時雨さんに頂いた命です。それを、本人に返すだけのことですから」

「だけ、って……。あなた、死ぬのよ？」

「はい」

助けてもらえなければ、とうに消えていた命だ。ならば、ここまで生きられたことに感謝こそすれ、死ぬことは怖くない。

ただ、これまでお世話になった、伯父《おじ》達や『ゆわい』のあやかし達――そして時雨に、なにも返すことができないままなのは、申し訳ないが。

淡々と、気負いなくそう告げた凪に、鈴波が綺麗な顔を歪めて柊に視線をやる。

「……なんなのよ、この子」

「なんなの、と、妾に言われてものう。見たままじゃろう」

くすくすと楽しげに笑う柊に、鈴波がなにかを堪《こら》えるように膝の上に揃えた手をきつく握る。そうして、ちらりと凪の背後に立つ丙に視線をやった。

「心配しなくても、約束は守るわ」

そうして、再び凪に視線を戻すと、どこか苛立ちと侮蔑の滲《にじ》む声で告げた。

「あなたに、時雨様に助けられるだけの価値もないことは、わかりました」

「……――」

自分の、価値。その言葉に、凪は苦笑しか返せない。

生きている限り誰かに迷惑をかけることしかできない自分に、きっと、価値などありはしない。だからこそ、多くの者に慕われ、誰かを助けることができる時雨こそ生きるべきなのだと思う。

「ごめんなさい」

大切な人の時間を奪ってしまって。……そして、期待に添うことができなくて。

言葉にはしないまま謝罪とともにそう告げた凪に、咄嗟に声を荒らげようとした鈴波を、凛《りん》とした声が遮った。

「小娘。この者の価値は、そなたが決めることではない」

「……――っ」

　そうして、ぎり、と睨みつける鈴波の視線をものともせず、柊が凪へと視線を移した。

「そして、凪。そなたは、もう少しきちんと周りを見るべきじゃの。今のままでは、時雨がいささか不憫《ふびん》じゃ」

　苦笑とともに、頬に手が当てられ、細い指で軽く頬を摘《つま》まれる。痛くはないが、責められていることはわかり、瞼を伏せた。

「すみません。でも……」

「そなたも、時雨以上に頑固者じゃのう。まあ、そんなそなたにもう一つ助言じゃ」

　どこか楽しげに、けれど淡々と告げる柊の声には、凪に対する同情も、慈愛も、嫌悪も、軽蔑もない。ただただ、長く生きる者の達観だけがあった。

「あれを助ける方法は、一つではない」

「え？」

　目を見開いた凪と、それは、と呟いた鈴波の声が重なる。

「伴侶の契約を行えば、互いの力を分かち合うことができる」

「……っ！　それじゃあ！」

　伴侶になれば助かるというのなら、凪に断る理由はない。そう思い安堵に緩みかけた表情は、だが、鈴波の声で再び固まった。

「それでは、時雨様の寿命を戻すことはできない！」

「小娘、黙っておれ。そもそも、伴侶の契約とは……――」

「人とあやかしで交わされる伴侶の契約は、あやかしの力を人に与え、ともにある時間をわずかばかり長らえさせるものでしかないはず」

凪を伴侶として迎えれば、一族の禁を破った罪はなかったものとできる。だが、その力も寿命も、凪が人としての生を全《まっと》うするために使われるのと同程度しか戻すことはできない。

そう告げた鈴波に、柊が呆れたように告げる。

「時雨自身がそれを納得しておるのなら、それが全てじゃろ？」

「時雨様は！　一族はもちろん、あやかしの中でも稀《まれ》に見るほどのお力を持った方。そのような御方の命を、このような者のために無駄にするわけには参りません！」

憤《いきどお》った鈴波の表情は、怒りと――そして、悲しみに満ちていた。

（ああ……。時雨さんのことが、本当に大切なんだな）

一族としてではなく、時雨個人のことが心配でたまらないのだろう。焦燥の滲む表情からは、それが痛いほど伝わってくる。

羨ましい、と思ってしまったのは、時雨に対してか――鈴波に対してか。

これほどに思われたら、そして、これほどに思うことができたら、なにかが変わっただろうか。

ちくり、と感じた胸の痛みに気がつかないまま、凪は真っ直ぐに鈴波を見つめる。

「あなたが、自分の命などどうでもいいと言うのなら！　時雨兄様に返して！」

そうして、鈴波の言葉に口を開こうとした凪の声は、からりという戸を開く音にかき消された。

「鈴波」

低く淡々とした声に、鈴波がびくりと身体を震わせる。部屋の入口に視線を移せば、そこには冷たい瞳を鈴波に向けた、時雨の姿があった。

今日、時雨は朝から諸用で夏乃とともに『ゆわい』の外へ出掛けていた。帰りは遅くなると聞いていたが、用件が早く済んだのだろうか。

「時雨様……」

口を噤んだ鈴波を一瞥《いちべつ》し、時雨は真っ直ぐに凪のもとへやってくる。そうして腕を取られ立ち上がらされると、胸に抱き込まれた。

温かな感触に、いつの間にか強張っていた身体からわずかに力が抜ける。だが、その感触を引き剝《は》がすように、時雨の胸に掌を当てるとそっと身体を離した。

「時雨さん、俺が、話を聞きたいとお願いしたんです」

だから、鈴波を責めることはしないで欲しい。言外にそう告げた凪に、時雨の視線が向けられる。そしてその視線は、凪の頭上を通り越して柊に向けられた。

「柊。あなたが居ながら、どうしてこのような……」

「それはもちろん、凪が望んだからじゃ。他の者に同席させるわけにはいくまい？」

ぱさりと扇子を開き口元を隠した柊に、時雨が気配を尖《とが》らせる。そんな時雨に、柊が目を細めながら告げた。

「それに、真実を告げぬまま決断させることが、その者のためになるとは思わぬよ。……全てを知った上で、どうするか。そうでなければ意味がないことは、そなたも知っておろう？」

「……――」

「私は、なに一つ凪に背負わせる気はない」

「……それでは駄目なのだと、知っていてもか？　時雨」

困ったように微笑む柊の表情は、頑是無い子供を見るようなそれで。そうして同じ瞳が、凪にも向けられた。

「正反対なようで、そっくりよな。お主達は」

くすくすと楽しげに笑う柊に首を傾げた凪を、再び時雨が抱き込んだ。

「鈴波。二度とここには……」

「待ってください、時雨さん」

立ち入るな、と言おうとしたのだろうそれを、胸元の着物を引いてあえて遮る。

「鈴波さんは悪くありません。俺が、話を聞きたいと望んで、鈴波さんにお願いしたんです」

きっぱりと告げた凪に、時雨が視線を向ける。

「話だけと誓ってくれたから、丙が手を出すようなこともありませんでした。……鈴波さんは、時雨さんを心配しているだけです。だから、遠ざけるようなことはしないでください」

自分のせいで、本当に時雨のことを思う人を拒絶して欲しくはない。そう告げた凪を、じっと見下ろしていた時雨が、やがてゆるゆると息を吐いた。

「……仕方がない」

部屋に満ちていた緊迫した空気がふっと緩む。身動《みじろ》いだ瞬間、鈴波と目が合い、眉を顰められたもののそっと逸《そ》らされた。

「鈴波。今回は、凪に免じて不問にする。だが私のことを案じる前に、そなた自身、頭領の許嫁としてやるべきことをせよ」

「……はい」

反論するでもなく大人しく頭を下げた鈴波の返事に、からからと笑う柊の声が重なる。

「小娘。そなたのやり方は回りくどすぎるのじゃ。時雨のことより、あれを躾《しつ》け直す方が先じゃろうて。そうでなければ百年経っても、あれはそなたの気持ちに気づかぬよ」

「うるさいわね！」

よくわからない会話をぼんやりと聞いていると、背中に回っていた時雨の手が腰に当てられ、そのまま促されるように歩き始める。はっと我に返り、大切なことを告げていなかったことを思い出す。

「時雨さん、お願いです。俺の……」

「私は、そなたを喰らう気はない。絶対にだ」

「……──」

全てを言い切る前にたたき落とされたそれに、やはり、と目を伏せる。ならばせめて、と口を開く。

「時雨さんの、伴侶にしてもらえますか……？」

そう告げた凪の身体を離し、時雨がそっと頬に手を当ててくれる。労《いたわ》るように撫でられるその感触に、なぜか泣きそうになり、ぐっと堪えた。

「その言葉は、凪が私の隣に立つことを心から望んでくれた時に、受け取ろう」

諭すような、そして、どこか悲しげな表情に、言葉が続けられなくなってしまう。

ゆるりと指で頬を撫でられ、やがてそっと離れていったそれを、ひどく心許《こころもと》なく感じながら、凪はどうすればいいのかわからないまま唇を噛みしめるのだった。

◇◇◇

宿屋『ゆわい』の最奥。本来であれば、この宿の主しか立ち入ることのできないそこで、時雨は座卓の前に座り決裁待ちの書類に署名をしながら、早霧のぼやきを聞き流していた。

奥の間と呼ばれるそこにあるのは、この『ゆわい』の支柱――もしくは本体とも呼べる宝玉。これがどういった由来のものかは一切わからないものの、『ゆわい』が人の世ともあやかしの世とも違う場所に存在しているのは、この宝玉の力によるものだという。

一抱えほどもある大きさのその宝玉は、この部屋の床の間に堂々と飾られている。

台座の上に置かれたそれには、『ゆわい』が主と認めた者しか触れることはできない。そもそも、認められた者しかこの奥の間を見つけることができないため、隠す必要がないのだ。そんな部屋に入れるのは、現状、三人。先代店主の柊、現店主の時雨、そして早霧だった。

「そもそも、お前の力が戻るまで俺を予備にするって、どんだけ横柄なんだよって話だろ。柊がすりゃいいじゃん」

溜息をつきながら宝玉に手をかざす早霧は、八尾の姿になっている。

「文句は柊に言え。お前にそれを頼んだのは、私ではなくあいつだ」

恨めしげな視線を一蹴し、それに、と続ける。

「最後の一尾を隠し続けるには、力が余りすぎているのだろう。無駄に発散するくらいならそれに注いでいろ」

「なんのことだか」

妖狐《ようこ》は、自身の生来の力に加え、その後蓄えた力によって尾の数が決まる。元々、時雨と同等に近い力を有する早霧は、八尾と認識されているものの本来は九尾を持つ。同族にすら隠しているのは、ひとえに早霧の性格が悪いからだ。

『八尾に手が届くやつなら、それなりにいるからな。後少しで追い落とせそう、と思わせておいた方が、面白いだろ?』

圧倒的な力で一族をまとめあげていた時雨とは違い、早霧は、その力を隠したまま頭領の座につき、一族内でその座を狙う者達や他種族からの刺客を冷笑しながら蹴落としている。

後進育成のために、目標は手が届くかもしれないという場所にあった方が良い。そんな尤《もっと》もらしいことを言っていたが、単純に自身を侮っていた者達が浮かべる悔しそうな表情を見るのが楽しいだけだ。

「にしても、俺だってお前ほどじゃないが結構これに力注いでんのに、店主認定からは外されてんの、こいつえり好みしすぎじゃね?」

「店主になりたいのか?」

「いや、全く」

ぼやきながら、早霧は薄ぼんやりとした光を放つ宝玉に力を流し込み続ける。なんだかんだと文句をつけつつも、身内と判断した者の頼みは断らない。そういう部分は、甘いのだ。

この宿の主には、最も大切な役目がある。

それが、この宝玉に『ゆわい』という空間を維持するための力を与えることだった。

元々、時雨は、幼い頃から時折ふらりとこの『ゆわい』を訪れていた。

もちろん、自分自身の意思で来ていたわけではなく、宿から迎え入れられてのことだ。

『そなたは、ここに気に入られたようじゃのう』

からからと笑う白蛇のあやかしである柊は、そう言いながら、時雨自身が持て余していた大きすぎる力を宝玉に注ぐように告げた。それが、この宿の主になるための準備だったと悟ったのは、ある程度成長してからのことだ。

そうして、凪に力を与えて『ゆわい』に迎え入れられた時雨に、柊が店主の座を譲る旨を告げたのだ。

『長年、ここで暮らしておったからのう。しばしの間、悠々自適な隠居生活を送ってみたいのじゃ。そなたも、ここの方が身を守りやすいであろうし、好都合じゃろ?』

瀕死《ひんし》の凪を助けるため、時雨は元来の力の半分以上を与えた。

時雨の『ゆわい』への封じは、一族の禁を破ったことへの罰だが、その実、主な目的は時雨の身を守るためのものでもあった。

これまで、圧倒的な力で鬼の一族を率いてきた時雨の力が、上位のあやかしたちよりも劣るものとなってしまい、その寿命も大きく削られた。それが知られれば、同族のみならず他種族から命を狙われることにもなる。伴侶として凪を迎えるかどうか、それを決めるまで、身を守る術《すべ》を柊が与えてくれたのだ。

この『ゆわい』では、どのあやかしも力を封じられる。また、宿の主は宝玉の力を委譲されるため、この『ゆわい』の中であれば――そして短期間であれば外に出てもその身を守ることができる。

『とりあえずは、時雨の伴侶が育つまで。不足分は、早霧に補塡させればよかろうよ』

実のところ、『ゆわい』の店主は一人に固定されているわけではない。ようはこの宝玉に力を与えられる者であれば、誰もがその資格を持つのだ。とはいえ、同時に宝玉の力を委譲されるのは一人で、身体にその証《あかし》が刻まれる。元々、柊の手にあったそれは、今は時雨の腕に移されていた。

早霧もまた、幼い頃、時雨と一緒にいる時にこの『ゆわい』に迎え入れられ、柊に言いくるめられつつ宝玉に力を注いでいるのだが、試しに委譲の証を移してみようとしたところ、なにも起こらなかった。

『早霧は、素質はあるが性格的に向かぬということじゃろ』

力だけよこせと言うことじゃ。そう楽しそうに笑った柊に、早霧が散々文句を言ったのは当然の流れだった。

「ところで、天狗の爺《じじい》は出入り禁止にはしないのか？」

ぼそりと呟かれたそれに、ちらりと視線を流す。

「……ここが拒まぬ限りはな」

宿の店主として、私情を挟むことはない。とはいえ、黙って見ている気もない。

「中と外とで、監視はさせている。万が一、凪に手を出すような動きがあれば、一族ごと潰すまでだ」

冷淡に言い切った時雨に、早霧がくっと口端を上げて笑う。

「まあ、この中でなにかするような馬鹿ではないだろうから、凪君を外に連れ出されないようにだけはしておけよ」

「ああ」

「奏矢の方はまあ、突っかかりはするだろうが、お前の不利になるようなことはしないだろう。……凪君には、鈴波が話したんだろう?」

「……──」

知らず溜息をつくと、苦笑したような早霧のかすかな笑い声が耳に届く。

「そうへこむなよ。お前の気持ちはわかるが、知らせずにいられるものでもないだろう」

「わかっている」

とはいえ、凪には知られたくなかったのが本音だ。知れば、絶対に自分を責める。そうして、己の身を躊躇《ちゅうちょ》なく差し出してくるだろう。

(それでは、意味がない)

何者にも脅かされることのない長い生に飽いていた。そして、圧倒的な力の差から向けられる畏怖の眼差しにも。

時雨に対して臆することなく接するのは、同等の力を持つ柊や早霧、そうして唯一の例外が人の世で出会った友人——凪の祖先にあたる人物だった。

最初に凪を助けたのは、懐かしさ、そして気まぐれから。既に十分な時間を生きてきた。一族を率いる後継も育ち、自身の力も命も惜しむ理由もない。

そんな中で見つけた古い友人の子孫に、誰かのために自らの命を微塵《みじん》も顧みないような死に方をさせたくなかった。ただ、それだけだった。

凪を伴侶に迎えることなど考えてもおらず、だが、ほんの少し興味が湧いたのは、凪が自分に笑いかけてきた時だった。

人にとってあやかしは、圧倒的な力を持つ存在だ。凪のようにあやかしを見ることができる者であれば、特に、一方的に蹂躙《じゅうりん》できるだけの力を有するあやかしを恐れるのが道理だ。

けれど凪は、時雨の腕に収まったまま安心したように笑った。

その無防備な、そして絶対的な信頼を向けるような笑顔に、懐かしさとは別の……どこか温かな感情が時雨の中に宿ったのだ。

いつか、この子供が大きくなった時、隣でこんなふうに笑っていてくれたら。

そう思った瞬間には、凪に、いつか伴侶に迎えると約束をしていた。

凪の力を求めるためでも、自身の力を取り戻すためでもない。ただ、自分の傍で幸せに笑っていて欲しい。そう願ってのことだった。

だからこそ、ほんの少しの負い目も持っては欲しくない。ただ、純粋に伴侶として時雨の傍にいることを選んで欲しかった。

（それもまた、私の身勝手さではあるが……）

今にも泣き出しそうな凪の顔を浮かべ、溜息をつく。

どうすれば、悲しませず、心から笑わせてやれるのか。

周囲――祖母以外の人間達から拒まれ続けてきた凪は、それでも決して相手を恨むことも責めることもない。ただ、自分が至らないのだと。そう言って頭を下げ続けてきた。

それは、凪の強さであり、優しさであり――歪みだ。

だからこそ、時雨にとっては凪自身が存在しなければ意味がないのだということを、理解して欲しい。

「甘やかすのも、難しいものだ」

眉間に皺を刻みぽつりと呟いたそれに返ってきたのは、一瞬の沈黙。直後、部屋の中には早霧の堪えきれない笑いが響くのだった。

◇◇◇

「凪？　どうしたの？」

不思議そうな声とともに視界に雪葉の顔が入り、はっと我に返る。

手元には編みかけの組紐があり、ぼんやりとしているうちに手が止まってしまっていたことに気づく。

仕事部屋にいるのは、凪と雪葉、そして丁の三人。今は、頼まれた仕事を一通りこなしてしまい、別の目的のために組紐を編んでいたところだった。

「なんでもないよ。ちょっと、ぼんやりしてただけ」

苦笑しながらそう告げると、雪葉が不満そうに唇を尖《とが》らせる。

「凪、この間からずっとそう。なんか変」

「雪葉ー。人にはね、事情ってものがあるんだよー」

ふてくされる雪葉を宥める丁の姿に、思わず頬を緩める。そして雪葉の柔らかな髪をそっと撫でた。

「心配かけてごめんね。本当に、なんでもないから」

「……本当？」

「うん」

にこりと笑ってみせると、ならいい、と雪葉が腰に抱きついてきた。もふもふした尻尾が揺れているのを見て、落ち込んでいた心がわずかに和《なご》む。

（駄目だな。心配かけないようにしないと）

数日前に聞いた時雨の話が、ずっと頭の中を占めているのだ。どうすればいいのか、そればかりを考えてしまうため、いまいち裁縫にも集中できないでいる。

(伴侶にしてくださいって言っても、駄目だったし……)

自身の命と引き換えに、時雨の力を返す。凪自身は、そうであっても構わないと思っている。祖母との約束も果たし、凪自身に思い残すことはない。

けれどそれは、助けてくれた時雨自身に、凪を殺させることになってしまう。あの優しいあやかしに、それをさせることが正しいのかはわからなかった。

柊は、伴侶となることでも時雨を救うことができると言っていた。ならばせめてと思ったのに、時雨に受け入れてもらうことはできなかった。

(……呆れられたのかな)

いつまでも、ぐずぐずと答えを出せずにいたから。そう思うと、胸の奥がつきりと痛んだ。

ふっと、溜息をつきながら手元の組紐を見つめる。

幾ら考えても答えは出せず、ならばせめて、今、自分にできることをやろうと思い作り始めたのが、この組紐だった。

昔、子供の頃に時雨に渡した組紐の替えになるように、と。自分の中に時雨の力があるというのなら、その力で時雨の身を守ることができますようにと願いを込めて。

「入るわよ」

不意にからりと障子が開き、入口を見ると鈴波が立っていた。

「鈴波さん」

どうぞ、と告げると、躊躇う様子もなく部屋に入ってきた鈴波が、凪と向かい合うように腰を下ろす。

「仕事中かしら」

「いいえ。これは自分用というか……」

時雨に渡すものとも言えず言い淀《よど》んでいると、まあいいわ、と鈴波が気にしたふうもなく続ける。

「この間は悪かったわ」

「え？」

驚きに目を見張ると、鈴波がこちらを真っ直ぐに見たまま告げた。

「あなたに話したことを謝る気はないけれど、一方的に責めることではなかったから」

時雨が力を渡したのは時雨自身の判断であり、凪の意思は一切関係なかった。それを、全て凪のせいにして責めるのは、違っていた。

そう言って潔く頭を下げる鈴波に、凪の方が慌ててしまう。

「いいえ！　なにも知ろうとせずに、のうのうとお世話になっていた俺にも責任はあります。むしろ、話してもらえてよかったと思っていますから」

もし知らないままでいたら、下手《へた》をすると後悔すらできないまま、時雨という存在を失っていたかもしれない。そう考えると、ぞっとする。

「もしあなたが本当に知ろうともしなかったら――そして、自分のせいじゃないなんて言ったら、私は頭なんか下げに来なかったわ」

いっそ、その場で殺していたかもしれない。淡々とそう告げる鈴波に、凪は苦笑を浮かべることしかできない。

「……まあ、どうして時雨様が黙っていたのかもわかったわ。かといって、それが良いことだとは思わないけれど」

「え？」

「与えられたものを簡単に手放せる、というのは、与えた者に対しての執着もない、ということだと覚えておきなさい」

暗示するように告げられたそれに、自分でもよくわからないまま、胸の奥がわずかに揺さぶられる。見ないようにしていたものを、目の前に出されたような、居心地の悪さ。

「鈴波さんは、どうして俺に話そうと思ったんですか？」

無意識のうちに話を逸らそうと、思いついた疑問が口をついてでる。それに、鈴波が軽く肩を竦《すく》めた。

「箱の中に収まって守られているだけのあなたに、腹が立ったから。それと……」

そうして一度そこで言葉を切ると、なにかを思い出したのか、宙を見つめていた目を眇める。一瞬、鈴波から殺気が漂った気がして、反射的に背筋が伸びた。

「夢ばかりを見て現実を見ようとしない大馬鹿に、腹が立ったから」

「……――ええと」

「……後半は、あなたには関係ないわ。いい加減、頭領としての自覚がなさすぎる馬鹿をどうにかしたくて時雨様に戻って頂きたかったっていうのもあるから」

「……時雨さんの、弟さん？」

「あれでも一応、きちんと頭領として働いてはいるのよ。私や側近以外の前で、時雨様を頭領に戻すなんて馬鹿なことは言っていないし」

通常、鬼の里での頭領の交代は、先代と戦い力を競い合った上で行われるものだという。

だが、時雨の場合は凪のことがあり、イレギュラーな交代となってしまった。また、時雨が圧倒的な力を誇っていたために、奏矢自身だけでなく、いまだに内心では奏矢を頭領と認めていない者もいるらしい。とはいえ、現時点で一族中最も強いのは奏矢だということが紛れもない事実である以上、おおっぴらに批判する者はいないそうだが。

「時雨様が力を取り戻した上で、頭領交代のために勝負してくださったら納得もするかと思って時雨様に戻って頂く方法を探してたけど。……無駄みたいだし。どいつもこいつも、馬鹿じゃないかしら」

溜息をつきながら悪態をつく鈴波に、凪はなんとも言えず苦笑を返すしかない。

「ええと。奏矢さんのことが、心配なんですね」

今の鈴波の様子を見ても、時雨に戻って欲しいというより、時雨という大きな存在に囚われる奏矢を心配して現状を憂えているように見える。

「……一応許嫁だし、幼馴染《おさななじ》みだからね。いい加減、兄離れしろっていうのよ」

腹立たしげに、そしてやや気まずげにそう告げる鈴波は、先日までの険しい雰囲気はなく、どこか身近な感じがした。柊とのやりとりに鑑みても、恐らくこちらが素の姿なのだろう。

「とりあえず、言いたいことはそれだけ。……ねえ、その腰にひっついてるの、寝ちゃってるわよ」

力の弱い子供のくせに、私が怖くないのかしら。そう言いながら凪の腰の辺りを指差した鈴波につられて下を向くと、確かに、先ほどまでじゃれるように凪の腰に抱きついていた雪葉がすうすうと寝息を立てていた。そのあどけない姿に、思わず笑いが零れる。

「……――ん？」

だが、その直後、鈴波が目を細めて雪葉を見つめる。しばらくの間じっと見つめた後、訝《いぶか》しげに首を傾げた。

「どうかしましたか？」

「いいえ。妙な気配がその子からした気がしたけど、気のせいだったみたい」

「え?」

思わず雪葉を見つめるが、特に変わった様子はない。子供の姿になった丁の手を借りて、昼寝用の布団《ふとん》を敷いて寝かせると、鈴波が編みかけの組紐を見つめていた。

「ねえ。それ、時雨様の?」

「あ……、はい」

わずかに逡巡《しゅんじゅん》し、だが隠すことなく頷くと、「そう」と鈴波が呟く。

「手首にしてるあれも、あなたが?」

「……——はい。子供の頃に作った、もので」

「あれ、ずっとしているの。なによりも大切に思っているのは、見ていてわかったわ」

許嫁だった頃、鈴波が幾ら贈り物をしても時雨は一切身につけることをしなかった。けれど、あの組紐をつけ始めてから、外したところを見たことがなかったのだと。

思い出すようにぽつりと呟かれたそれに、凪は、言葉を返すことができないまま視線を落とす。

「後は、時雨様とあなたが決めることだけれど。……時雨様を不幸にするような真似《まね》だけは、やめてちょうだい」

もしそうなったら、私は今度こそあなたを躊躇いなく殺すわ。

そう告げた鈴波に、凪は、困ったような笑みを返すことしかできなかった。

ざあ、と風で花が揺れる音が響き、ほんの一瞬、視界が薄紅色に染まる。

目の前にあるのは、樹齢数百年をゆうに超えるだろう大きな一本桜。見事な花をつけた満開の桜の下で、凪は、その堂々たる姿に見惚《みと》れていた。

宵闇の中で、白に近い薄紅色の花が薄ぼんやりと光って見える。

「凄い……」

「この辺りは『ゆわい』の従業員しか入れない。ゆっくり桜を見たい時は、ここに来ればいい」

茫然《ぼうぜん》と桜の花を見上げていた凪の隣で、時雨が優しく告げる。

鈴波が帰った後、ちょうど組紐が仕上がったタイミングで時雨が仕事部屋に顔を出した。

ここのところ、なんとなく顔を合わせづらく、また時雨も凪の心情を思いやって時間を置いてくれたのか、会うのは先日の一件以来だった。

時間があるなら、夜の散歩にいかないか、と。

その誘いに、躊躇いつつも頷いた。いつまでも先延ばしにできる問題ではなく、一度、きちんと時雨と話そうとは思ったからだ。

「こんなに大きな桜の木は、初めて見ました」

「この桜は、樹齢千年を超える。人の世にも、数は少ないがあると聞いている」

おいで、と繋いでいた手を引かれる。左手を大きな掌に握られ、その感触にどぎまぎしつつも時雨の後に続いた。

さく、さくと草履《ぞうり》を履いた足で桜の幹に近づく。そうして、太い根に腰を下ろした時雨の膝に横抱きにされるようにして座った。

「あ、の……、時雨さん」

まるで子供のようなそれに、けれど抗《あらが》うこともできずに戸惑いながら声をかける。

「少し、話をしよう」

そう言われ口を閉ざすと、こくりと頷いた。

けれどそのまま、互いに言葉を探すように沈黙が落ちる。さわさわと、花が優しく風に揺れる音を聞きながら、凪は舞い落ちる桜を見つめていた。

「すまなかったな」

そっと告げられたそれに、膝の上に落としていた視線を上げる。すると、桜の花を見つめながら時雨が続けた。

「時雨さん……」

「凪を助けたのは、私自身が望んでしたことだ。その結果も、全てわかった上で」

だから、凪がそれに対して責任を負う必要はない。時雨はそう続けた。

凪自身も、わかっている。時雨に与えられた命を返すということは、自らの身を削り与えてくれたものを拒絶するということ。

助けてくれた。そのこと自体を、なかったことにしたいわけでは決してないのだ。

「話せば、凪は自らの命すら差し出すだろうと、わかっていた。だから言いたくはなかったのだ。それは、私の望むところではない」

寂しそうに微笑む時雨に、唇を噛んで俯《うつむ》く。

「……すみません」

時雨を助けたい。自分の命で、助けられるなら、すぐにでも。今でも、そう思っている。

けれどそれをすれば、時雨の身体ではなく心を傷つけることになる。

(どうしたらいいんだろう……)

胸が苦しい。与えられたものの大きさに、心がついていかない。

もし、このまま時雨がいなくなってしまったら……――。

「……っ」

そう考えて、ぶるりと身体が震える。思わず縋《すが》るように時雨の胸元の着物を握り、身を寄せた。

「凪?」

支えるように背中に回された腕に引き寄せられ、そのまま抵抗することなく時雨の胸に顔を埋めた。

（ああ、そうだ）

優しいからでも、命を助けてもらったからでもない。

ただ……――、ただ、時雨を失うことが怖いのだ。

これが、恋愛感情かどうかはわからない。ただの依存なのかもしれない。

けれど、誰よりも時雨を失うことが怖かった。誰に対しても、こんなふうに思ったことはない。祖母も、そして周囲の人達も、いずれ別れの時が来るだろうとずっと思っていたから。

「時雨さん……」

かたかたと震える身体を、時雨が宥めるように撫でてくれる。

「どうした、凪」

優しい声に、じわりと涙が滲む。自分には、こんなことを言う資格はない。そう思いつつも、どうしても言わずにはいられなかった。

「……どこにも、いかないで」

ぽつり、と。風に紛れるような小さな声で呟かれたそれが、時雨の耳に届いたかどうか。

それを確かめる間もなく、凪は時雨の腕に強く抱き締められていた。

「……時雨、さん」

「大丈夫だ、凪。私は、凪の傍にいる」

「……っ！　でも！　時雨さんの身が危険だから、みんなあんなふうに！」

堪えきれず頰を滑り落ちた涙をそのままに、埋めていた胸から顔を上げる。間近にある時雨の顔を滲んだ視界で見つめると、優しく微笑んだ時雨が、涙に濡《ぬ》れた頰に唇を寄せた。

「……っ」

「確かに、あやかしとしての寿命は短くなったが、すぐにというわけではない。凪が人としての生を終えるくらいまでは、一緒にいられる」

今は、ゆわいの店主としての力もある。だから、さほど気にするようなことではないのだと。そう告げられ、凪はほんの少しだけ身体から力を抜いた。

「あやかしの生は長い。ゆえに、みなから見れば、人である凪と同程度であれば一瞬のようなものだが、人である凪から見れば違うだろう？」

「……それは、でも」

いついなくなるかもわからない。その恐怖はほんの少し去ったものの、それほどに長い寿命を失わせてしまったことに対する罪悪感は消えなかった。

「私は、凪に望まれていると思ってもいいのだろうか？」

ふっと優しく微笑んだ時雨が、掌で凪の頰を拭《ぬぐ》ってくれる。それに、先ほどまでの自分の言葉を思い出した凪の顔が一瞬で赤くなった。

「あ……、あの」

「口づけてもいいか？」

頬に添えられた手に、そっと上向かされる。間近にある時雨の顔に鼓動が一気に速くなり、凪は困ったように眉を下げた。嫌だとは、思わない。こちらを見つめる金色の瞳に魅せられるように、気がつけば小さく頷いていた。

「……ふ」

柔らかく重ねられた唇に、ぴくりと身体が震える。誰かと、こんなふうに触れ合ったのは初めてで、どうしていいかわからなくなる。

繰り返される、触れるだけの口づけ。やがて、それは深いものとなり、薄く開いた唇からそっと舌が差し入れられた。

「……っ」

思わず身体ごと退《ひ》きそうになったのを、後頭部に回った手に止められる。そうして、逃さないとでも言うように唇がさらに深く重ねられる。

「ん、ふ……」

口腔内《こうこうない》を舌で撫でるように舐《な》められ、無意識のうちに時雨の着物を摑む。目を閉じているため感覚が鋭敏になっているのか、舌先で上顎や舌の裏を辿《たど》られる度に、身体が震えた。

くちゅくちゅという水音とともに、徐々に動きが大胆になる時雨の舌に、自身の舌が搦《から》め捕られる。飲み込み切れない唾液《だえき》が口端から零れ喉元を伝う感触すら、肌《はだ》が拾ってしまう。

「ん、ふぁ……っ」

初めての経験に、どう息をしていいのかすらわからず、次第に息苦しくなっていく。身体が熱くなるのと同時に、頭がぼんやりしてきた頃、くちゅりという音とともにわずかに唇が離れた。

「……ふふ。可愛いな」

潤んだ目元に唇が触れ、再び軽く口づけられる。

は、は、と潤んだ瞳で困ったように時雨を見つめながら、呼吸を整えようと軽く肩で息をしていると、ふと、身体が持ち上げられ時雨の胸に背中を預けるような形で抱え直された。

「あの、時雨さ……っ！」

後ろから回された手が、襟《えり》の中に入り込み素肌に触れる。その感触に驚き、びくりと身体が跳ねると同時に、胸の先端を親指の腹で弄《いじ》られた。

「あ……っ！」

自分のものとは思えないほど甘い声が零れ落ちる。時雨から離れようと上半身を倒すと、指先でさらに強く尖った頂を抓《つね》られ、身を捩《よじ》った。

「あ、やめ……っ！」

「凪、大丈夫だ。気持ちのいいことしかしない」

これまで感じたことのない、ぴりぴりとした感覚から逃れようと胸を反らすと、耳元で低

く囁《ささや》かれる。その声にぞくりと震えが走った瞬間、いつの間にかはだけられていた腰の辺りの着物の端から、時雨の手が忍び込んできた。

「……――っ！」

くりくりと胸粒を指先で摘まれ弄られるのと同時に、もう片方の手が下着ごしに凪の中心を扱《しご》く。自身のそれが知らぬ間に勃ち上がっていることに狼狽《うろた》え、けれどそれらはすぐにえもいわれぬ感覚に押し流された。

「ああ……っ」

「……凪、気持ち良いか？」

「や、わかんない……っ、こんなの……っ」

ふるふるとかぶりを振ると、時雨が凪の中心を扱く手を強める。ぞわぞわとした、けれど決して嫌ではない感覚が身体中を駆け巡り、知らず腰が揺れてしまう。

「ん、あ……、や、これ……」

「そうだ。素直に感じていれば良い。凪の快感に乱れる顔を、見せてくれ」

快感。そう言われ、ようやく自分が時雨の手によって感じているというのを認識する。そして、そう認識したと同時に、ぶわりと身体中が熱くなり時雨に触れられている場所から伝わる感覚がさらに強くなった気がした。

「んぅ……っ」

耳の裏や首筋に幾度も口づけられ、舌が這《は》わされる。同時に、胸と中心を弄られ続け、凪はもはや自分がどんな顔をしているのかもわからず、与えられる快感を追い続けた。

「……そう。そうやって、私に全て預けるといい」

やや乱れた息づかいと、優しいだけではない、どこか獰猛《どうもう》さすら孕んだ声にすら肌が震える。そうして首筋を強く吸われると同時に、爪の先で鋭敏になった胸を抉《えぐ》られ、下着の上から勃起した中心の先端を指の腹で強く擦《こす》られた瞬間、身体の奥からなにかが溢《あふ》れるような衝動が駆け巡った。

「あああ……っ！」

堪える間もなく嬌声《きょうせい》が溢れ、びくびくと腰が震える。初めて人から促された、自身で制御できない放埒《ほうらつ》。震える凪自身を時雨が強弱をつけてさらに扱き、幾度かにわけて精を放った。

ようやく衝動が収まり、ぐったりと力が抜けた身体を、再び横抱きにするようにして時雨が支えてくれる。肩で息をしていると、濡れた下着はそのままに、肌が見えない程度に着物を直してくれた。

「……――」

荒い呼吸が落ち着いてくると、たった今起こった出来事が頭の中で処理できず、どうしていいかわからなくなる。顔が上げられないまま、時雨の胸に身を寄せて着物の襟を握ると、指の背でそっと頬を撫でられた。

「……凪」

ひどく優しく、甘い声。頬を辿った指が顎の下に添えられ、促されるように顔を上げる。視線を彷徨《さまよ》わせ、だがゆっくりと目の前に焦点を合わせると、そこには、とろりとした甘さを滲ませた金色の瞳があった。

「……あ」

近づいてくる瞳に瞼を落とすと、再び唇が塞がれる。ゆったりと味わうように口腔を舌で舐められ、羞恥に強張っていた身体から徐々に力が抜けていった。

ちゅ、と軽い水音とともに口づけが解かれ、濡れた唇の端を親指の腹で拭われる。

「……時雨、さん」

「凪。……焦らずとも、私は凪の傍にいる。だから凪は、己のしたいようにすれば良い」

宥めるような声に、どうしてか言葉が続かなくなる。

離れたくない。傍にいて欲しい。……一緒に、いたい。

(これが、好き、ってことなのかな……)

時雨のために、自分ができること——したいこと。それがなにかを考え、凪は軽く唇を噛む。

本当は、この身を引き裂いて食べてでも、時雨に寿命を取り戻して欲しい。

けれど、それが自分勝手な望みでしかないと、今はもうわかっている。

「俺を、時雨さんの伴侶に、してください……」

時雨のために、自分ができることをしたい。

それが今、自分が一番望むこと。

小さな呟きは、ざあ、と風に巻かれた花びらに紛れ。

返されたのは、「ああ」という穏やかな声と、髪に触れた優しい口づけだった。

◇◇◇

「ふんふんふーん」

数日後、楽しげに鼻歌を歌う子供姿の丁とともに、凪は『ゆわい』の前庭の掃き掃除の手伝いをしていた。

チェックアウトの時間を過ぎた昼前のこの時間、前庭を通る客は少ない。元々、掃除当番の従業員はいるのだが、桜の花が散り一面に花びらが落ちているこの季節、幾ら人手があっても足りないからと総二郎に短時間の助《すけ》っ人《と》を頼まれたのだ。

脚の具合を心配されたものの、長距離を歩くわけでもなく、祖母の家でも庭掃除は一通り自分でしていたので二つ返事で引き受けた。

「丁。集めた花びら、一回捨てようか」

「はーい。ちりとり、ちりとりー」

てててて、と近くに置いたちりとりを取りに行く丁を微笑みながら見ていると、ふと、視界に見慣れた姿が映った。

「あれ？　雪葉？」

老齢の男と二言、三言話している姿に首を傾げ、すぐに「あの人……」と小さく呟いた。

（前に、声をかけてきたお客さん……。天狗、って言ってたっけ）

幹太を打ち据えようとしたことを思い出し、胸騒ぎを覚える。あの時、丙も他の従業員達も、凪と直接話させないよう警戒していたのは、さすがの凪にも理解できた。

宿の常連といった雰囲気ではあったため、昔から『ゆわい』に出入りしている雪葉とも知り合いなのだろう。そう思うが、とても子供好きには見えなかった。

（や、それは失礼か……）

顔見知りの子供であれば、話くらいするだろう。そう自分に言い聞かせていると、不意に男がこちらを向いた。

「……っ」

その黒い瞳と目が合った、と思った瞬間、ぞわりと全身に鳥肌が立った。

（え……？）

自分で、自分の反応がわからず困惑する。男は、なにをしたわけでもない。無表情でこちらを見ただけだ。かろうじて、ほんの少し目を眇めただけ。そして今は、すでにこちらに背を向けて宿の中へ戻ろうとしている。

(なのに、なんで)

いまだにひかない鳥肌に、そっと腕をさすっていると、こちらに気がついた雪葉が笑顔で駆け寄ってくる。その姿に、緊張で強張っていた頬から少し力が抜けた。

「凪ー？　どうしたのー？」

のんびりとした丁の声に振り返ると、腰の高さくらいまでの身長の丁がちりとりを持って不思議そうに首を傾げていた。後ろを向いていた丁には、先ほどの光景は見えていなかったらしい。理由もわからない不安感で心配をかけることもないと、慌ててかぶりを振る。

「あ、ううん。ごめん、なんでもない」

「凪！　遊ぼー！」

「雪葉ー。凪も、僕も、仕事中だよー。遊ぶのは後でー」

「えー」

つまらない、と言いたげに唇を尖らせた雪葉に苦笑し、膝を折って視線を合わせる。竹《たけ》箒《ぼうき》を持つ手とは反対の手で、軽く頭を撫でた。

「もう少しで終わるから、待ってて」

「わかったー」

「ねえ、さっきの……」

「あ、丁！　僕も手伝う！」

先ほどの男のことを聞いてみようかと問い掛けた声は、だが、雪葉の元気な声に遮られて止まる。振り返った雪葉が、ことりと首を傾げた。

「ん？　凪、なにか言った？」

「……なんでもない。さ、お客さんが来る前に早く終わらせようか」

いつもと変わらぬ様子の雪葉に杞憂だったかと思い直し、苦笑しながらかぶりを振ると、丁が持つちりとりに集めた桜の花びらを掃いて入れていく。

そのまま、ちりとりを持った丁と、竹箒を持った雪葉と凪の三人でせっせと掃除をしていると、『ゆわい』の正門から誰かが歩いてくる音がした。手を止めて顔を上げると、片手を上げてこちらに手を振る早霧と、その隣を歩く時雨の姿が目に映った。

「おー、いたいた。雪葉、お前、やっぱりこっちに来てたのか」

「あ、早霧様！」

「お前、勉強が嫌だからって黙って里を抜け出してくるなって言っただろ。みんな探してたぞ」

さくさくと砂利《じゃり》を踏む音とともに近づいてきた二人が、凪達の前で立ち止まる。早霧の言葉に振り返ると、耳を伏せ、気まずそうに視線を逸らす雪葉の姿があった。

「……ごめんなさーい」

「雪葉ー、またやったのー？」

呆れたような丁の言葉と、悪いことをしたと理解しているらしい雪葉の姿に思わず苦笑する。雪葉は、基本的に素直な良い子なのだが、里での勉強時間が苦手らしく時折逃げ出すそうだ。

『勉強、全然終わらなくてつまんない』

以前、拗《す》ねたようにそう零していた雪葉は、妖狐の一族の中でも相当に潜在能力が高い子供なのだという。あやかしは、力が強いほど寿命が長く、成長にも時間がかかる。雪葉の狐姿が、凪が幼い頃に会った時からほとんど変わらなかったのはそのせいらしい。また、子供のうちは上手く力を使うことができないため、暴走する危険性が高く大半を封じたまま過ごしているそうで、だからこそ、あちらの世界であやかしに襲われそうになっていたそうだ。

（頭領候補にもなってるみたいだし、大変なんだろうな……）

「お父さんやお母さんに、心配かけちゃ駄目だよ」

「……はあい」

ちらりとこちらを窺うように見た雪葉に、苦笑したままそれだけを告げる。叱るのも、注意するのも、早霧や雪葉の両親がやってくれる。ならば、凪が言うことはそれだけだ。

「よ、凪君。時雨の伴侶になる件、了承したって？」

「……っ！　あ、あああ、あの、それは！」

丁と雪葉が、集めた花びらと掃除道具を片付け始めると、早霧が楽しげな笑いとともに顔を覗き込んでくる。告げられたそれに言葉を詰まらせた凪は、どもりながら視線を彷徨わせた。羞恥から一瞬で顔が熱くなり、思わず竹箒を強く握りしめる。

「契約の時は、柊の姐《ねえ》さんと俺とで立ち会いするから。よろしく……っ痛《いて》！」

ぱしんと音がして目を見張ると、早霧の隣で時雨が後頭部を叩いていた。じろりと早霧を睨んだ時雨が凪の傍にくると、ぐいと腰を引き寄せられる。

「し、時雨さ……っ」

羞恥から焦るあまり、ぺしぺしと腰に回る腕を軽く叩く。だが、引き寄せる腕は離れるどころかさらに力を増した。

「凪を困らせるな。……凪、昼餉《ひるげ》は済んだか？」

「え？　い、いえ。まだです？」

唐突な話題転換に混乱し、思わず首を傾げて答える。

「そうか。なら、一緒に食べよう」

「はい」

「あー、いいな、いいな。俺も……」

「早霧。お前は、雪葉を連れて帰るよう頼まれていただろう」

羨ましそうに便乗しようとした早霧の声を、時雨の冷淡な声がたたき落とす。

「ぐ……っ」

「え！　僕まだ、凪と遊んでない！」

そして二人の会話を聞き焦ったように雪葉が声を上げるのに、早霧がやれやれと溜息を落とした。

「雪葉。黙って里を出た罰だ。今日は、このまま帰って勉強の続きな」

「……――ううう」

へにょりと耳と尻尾を垂らして俯いた雪葉の傍に行こうとするが、腰に回った時雨の腕が離れない。困惑しながら隣を見上げるが、素知らぬふりで顔を逸らされた。

「ゆ、雪葉。今日は、帰ってごめんなさいしておいで。遊ぶのは、また今度」

そう声をかけると、「はあい」と渋々ながらも返事をする。だがその直後、ぱっと顔を上げると、大きな瞳で時雨と抱き寄せられた凪とを順番に見遣った。

「凪は、大旦那様のこと、好き？」

「……え⁉」

まさか、雪葉からも早霧と同じようなことを聞かれるとは思わず、一瞬頭が真っ白になる。

あわあわと焦りながら、だが、真っ直ぐにこちらを見つめる瞳に言葉を詰まらせると、赤くなった頬を隠すように俯いた。

「……――うん、好きだよ」

時雨の着物の袖《そで》をそっと握りながら告げると、頭上でふっと微笑む気配がする。それにますます羞恥が増し、顔が上げられなくなってしまう。

「そっかー」

ことりと首を傾けながら呟いた雪葉は、だがすぐに、丁に集めた花びらを入れた袋を渡した。

「はい、丁。じゃあ、僕帰るね」

「お疲れ様ー。勉強頑張ってー」

のんびりと告げた丁と凪に手を振り、時雨にぺこりと頭を下げた雪葉が、早霧に連れられて『ゆわい』の正門へと向かう。それを見送っていると、凪の持っていた竹箒がそっと時雨から取り上げられる。

「あ……」

「丁、後は頼んだ」

「はあい。凪、また後でねー」

「え、あ、ちょ……っ」

腰を抱かれたまま歩き出した時雨に促されるように、足を進める。ゆっくりと凪の体重の一部を引き受けるように歩くその姿に、どきどきしつつも胸が温かくなる。

「あの、時雨、さん……」

実のところ、先日の一件以来、ふたりっきりになるのは初めてだった。なんだかんだと時雨が忙しそうにしており、ゆっくり話す時間がとれなかったのだ。

「どうした、凪」

時雨の顔を見ると、ひどく優しく微笑まれる。とろりとした甘さを含んだその表情に吸い込まれるように視線を奪われた凪は、一人で歩けるから、と言おうとしたその言葉が頭の中から消えてしまった。

「いえ、あの……」

「脚が痛むか？　ああ、なら……」

「大丈夫です！　今日は、凄く調子がいいので！」

一瞬動きを止めた時雨に、咄嗟に言い募る。この状態でまた抱き上げられて運ばれたら、羞恥で凪の心臓が止まってしまう。

「そうか？」

「はい。全然、大丈夫です」

若干残念そうな雰囲気の時雨は見なかったことにして、視線を足下に戻す。

触れ合った場所から、上がった体温と速くなる鼓動が伝わりませんようにと祈りながらも、凪は支えてくれるその身体に安堵を覚え、ほんの少しだけ、甘えるように体重を預けるのだった。


「鬼の里へ、ですか？」

凪の部屋で昼食を食べ終えた後、庭に続く縁側に時雨と並んで座った凪は、告げられた言葉に軽く目を見開いた。

「ああ。明日、凪と伴侶の契約を交わす旨を、一族の古老達に伝えてくる」

その言葉に、ほんの少し心配そうな表情を浮かべてしまったのがわかったのか、時雨がふっと優しく目を細めて凪の頰を撫でてくれる。

「心配せずとも、話をしに行くだけだ。正式な契約では、二人の立ち会いが必要となる。それも、柊と早霧に頼んでいるゆえ、本来なら一族の者に知らせる必要はない」

だが、それでは凪が心配するだろう？　そう優しく問われ、思わず俯く。

「すみません……」

「謝らずとも良い。私を思ってのことだろう」

凪の気持ちを尊重し、きちんと一族の人達と向き合ってくれる時雨に、心が温かくなる。

今でも、本当なら受け取った力を返したいとは思う。けれどそれで時雨を傷つけることも本意ではなく、また、きっと幾ら凪がそれを望んでも時雨が拒むだろうということだけはわかった。

せめて、少しだけでも力と寿命が延ばせるように。その理由があれば、きっと最初から凪は伴侶となることに頷いていた。

（多分、それは時雨さんが望んでいた形じゃないんだろうけど……）

今は、伴侶となることを躊躇わないほどには、時雨のことを好きだと思っている。

優しくて……——優しいからこそ、どこまでも依存してしまいそうな自分が、怖いだけで。

「……凪？」

そっと声をかけられ顔を上げれば、すぐ近くに時雨の顔があった。そのまま瞼を下ろすと、唇に柔らかなものが触れる。

「ん……」

ちゅ、と軽く触れるだけの口づけを幾度か繰り返し、やがてそれは深く重ねられた。

口腔に差し入れられた時雨の舌に、優しく舌を搦め捕られる。そして引き出された舌に軽く歯を立てられると、ぴくりと身体が震えた。

「……っん」

甘噛みされたそこを舌先で撫でられ、再び息も継げないほどに深く唇を重ねられる。座っていられないほどに力が抜けた身体は、いつの間にか、時雨の胸に抱き寄せられていた。

「ん、ふ……っ」

何度も、何度も。甘く繰り返される口づけに、飲み込み切れなかった唾液が喉を伝う。その感触にすら、ふるりと肌が震え、無意識のうちに縋るように時雨の着物の襟を摑んでいた。

「……凪」

優しく名前を呼ばれ、うっすらと瞼を開く。そこにあったのは、優しく、甘く——そして、どこか獰猛な欲を孕んだ艶めいた瞳。

まるで、頭の中が甘い毒に冒されていくような感覚を味わいながら、凪は再び重ねられる唇に、そっと目を閉じるのだった。

◇◇◇

しとしとと降り続ける雨の中、凪は、傘をさして『ゆわい』の庭をぼんやりと歩いていた。手首に巻いた新しい組紐に無意識のうちに指を滑らせながら、そっと溜息をつく。

藍色を基調とした組紐は、少し前に作ったもので、同じ物がもう一つ袂《たもと》に入っている。時雨と揃いで作ったそれは、だが、タイミングを逃して渡せないままになっていた。

(帰ってきたら渡そう……)

時雨は、一昨日から凪と伴侶になることを報告するために鬼の里へ戻っている。ついでに外の仕事も片付けてくるからと総二郎も同行しており、今現在、宿は夏乃が仕切っていた。

先ほどまで、仕事部屋で頼まれた洋服を作っていたのだが、どうにも落ち着かなくて外に出てきたのだ。

(時雨さん、大丈夫かな)

時雨は、『ゆわい』の仕事で外に出ることはあったが、鬼の里にはずっと戻っていなかったと聞いた。

『時雨がこの宿の店主となったのは、表向き、鬼の一族の禁を破った罰ということになっているけれど。実際は、あれの身を守るためでもある』

凪が時雨の伴侶になると決めた時、『ゆわい』にやって来た柊が、こっそり教えてくれたのだ。

『あれは、あやかしの中で最も力が強いと言われる鬼の中でも、圧倒的な力で一族をまとめていた。ゆえに、敵も多い』

凪に力を譲り渡したことで、その圧倒的な力を失った——とはいえ、並みのあやかしよりは強い。時雨を倒し、その血肉を自らのものとして取り込めば、大きな力を得ることができる。

『この宿の店主は、少し特殊での。宿から認められなければ、店主となることはできない。そして店主は、この宿を守るための力を宿から譲り渡される。その力があれば、どんなあやかしも手を出すことはできない』

柊も、長い間そうしてこの『ゆわい』を守ってきたのだという。

昨日、時雨が出掛けた後に様子を見に来てくれた柊が、心配するようなことはなにもないと言ってくれた。だがそれでも、凪は、自分のことで時雨がなにか嫌な思いをしていないか——危険な目にあっていないかが、心配だった。

ぼんやりとしながら庭を歩き、気がつけば『ゆわい』の正門へ辿り着いていた。周囲に客の姿もなく、凪は、少しだけ立ち止まって門を見ていた。

と、門から入ってくる者の姿に、はっとする。思わず一歩足を踏み出し、だが、そこにあった姿に動きを止めた。

「あ……」

門から入ってきたのは、以前、少しだけ見かけた黒髪の鬼——時雨の弟である奏矢だった。

わずかに身体を強張らせた凪を、足を止めた奏矢が一瞥する。そうして、睨むようにこちらを見たまま近づいてきた直後、凪の目の前に丙の背中が現れた。

「どけ。別に危害を加えに来たわけではない」

「丙、ありがとう。大丈夫だよ」

ぽんと軽く背中を叩き、丙の背中から出ようとする。だが、駄目だと言うように押し戻され、仕方なく顔だけを出して尋ねる。

「こんにちは。あの、俺にご用でしょうか」

「……兄上がお前のために里に足を運んだというのに、こんなところで突っ立って、呑気《のんき》なものだな」

睥睨《へいげい》されながれそう告げられ、どういう表情をしていいかわからず、曖昧に微笑む。奏矢が時雨のことを心配し凪に対して腹を立てているのはわかるため、凪がなにを言っても苛立たせてしまうだけだろうと思ったのだ。

「お前が、兄上の伴侶になるというのは本当か」

「はい」

頷くと、奏矢が苦虫をかみつぶしたような表情でこちらを見つめる。そうして、怒りを押し殺した声で凪を見据えたまま呟いた。

「俺は、幾ら兄上が拒もうとも、お前を喰って力を取り戻して欲しいと思っている」

「……はい」

それは、当然のことだろう。時雨は、奏矢にとって大切な家族なのだから。

それに凪も、もし自分の命で時雨の力も寿命ももとに戻るのなら、喰われてもいいと思っている。時雨の手にかかるのであれば、死ぬこと自体は怖くない。

(もう、十分に色々としてもらったから……)

けれどそれを時雨が望まないのなら、凪が無理強いできるものでもない。

「もしも……」

万が一、凪になにかがあり、けれど時雨が凪の身を喰らうことを拒むのであれば。せめて、時雨の役に立てるようなことに使って欲しい。

そう告げると、わずかな沈黙の後、苛立たしげに舌打ちした奏矢が再び口を開く。

「ついて来い。古老達が、お前も来なければ認めないとうるさい」

「え？」

促すようにそう言われ、目を見開く。問うように丙に視線を向けると、かぶりを振られた。

「駄目だ。凪をここから出すことは、許されていない」

出掛ける前にも、時雨からくれぐれも『ゆわい』から出るようなことがないようにと言われている。そもそも、ここに居させてもらっているのは、凪の血の匂いで周囲に迷惑をかけないようにするための措置でもあるのだ。

「あの。時雨さんから、ここから出ないように言われているので……」

凪の勝手な判断で動くわけにはいかない。そう告げると、奏矢がさらに剣呑な表情となった。

「兄上に全てを押しつけて、のうのうと守られている気か。いい身分だな」

「それは……」

反論できずにいると、奏矢が凪の前に立つ丙を押しのけようとする。だが、丙がその腕を摑み奏矢を止めた。

「兄上の作った子鬼とはいえ、邪魔をすると容赦はせんぞ」

「我らは、凪を守るために主から作られた。それに、ここは『ゆわい』の中だ。あやかしの力は役に立たない」

淡々と告げる丙と奏矢が、互いに睨み合う。どうすればいいのか迷う凪の背後から、ぱたぱたと軽い足音が聞こえてきた。

「凪！」

「え？　雪葉？」

今日は『ゆわい』には来ていなかったはずの雪葉の姿があり、目を見開く。慌てたようにこちらに駆け寄ってきた雪葉が、凪の手を引いて丙と奏矢から凪を引き離した。

「凪、こっち！」

「雪葉！　ちょ、待って……」

幼い見た目からは信じられないほどの強い力で手を引かれ、転びそうになりながらも雪葉に引き摺《ず》られるように足を進める。引き留めようとするが、雪葉の力の方が強く、止められない。

「凪！」

背後で丙の焦った声が聞こえる。嫌な予感とともにその声に振り返ろうとした瞬間、全身がなにか膜のようなものを通り抜けたのがわかった。

「え……？」

掠れた声で呟いた直後、凪の視界は闇に包まれ——ふつり、と意識が途切れた。

◇◇◇

激しい物音とともに、奏矢の身体が壁に吹き飛ばされる。

「ぐは……っ」

口端から血を流し、壁をずり落ち床に座り込んだ奏矢を一瞥すると、時雨は手に握った組紐を見つめた。藍色の絹糸で作られたそれは、凪の手によるものだ。

「時雨様、丙の居場所がわかりました」

ふっと正面に姿を現したのは片膝をついた丁で、その後ろから総二郎と鈴波が駆け寄ってきた。

鬼の里の最奥にある屋敷。ここは、一族の頭領の住処《すみか》であり、現在は奏矢が主である。数日前からここに滞在していた時雨は、古老達の、凪を鬼の里へ連れてこいという言葉を拒み続けていた。報告だけして里を去ってもよかったのだが、古老達の承認を得ることで凪の立場と身の安全を盤石なものにしようと考えたのだ。

だが、そのせいで取り返しのつかないことが起こってしまった。

凪が『ゆわい』の外へ連れ出されたのだ。

奏矢が独断で凪を里へ連れてこようとした隙を狙われた。実際に連れ去ったのは雪葉だというが、凪にあれほど懐いていた雪葉自身が悪意をもって連れ出したとは考えにくい。

恐らく、何者かに吹き込まれてのことだろう。

そしてそのきっかけが、恐らく『誰かが凪を傷つけようとしている』状況だ。丁から伝えられた様子に鑑みても、雪葉は凪を連れ出そうとしたのではなく奏矢から逃がそうとしたのだろう。

奏矢の動きを封じていた丙が、咄嗟の判断で凪の後を追ったのが幸いだった。どうにか見失わずにいてくれたらしい。

（だが、それとこれとは別問題だ）

身体中の血液が、怒りで沸騰しそうになる。普段は抑えている力が身体から溢れ、奏矢に慌てて駆け寄った側近が、こちらを見て顔を強張らせていた。

凪を、ひと筋たりとも傷つけていたなら、その場にいるものを皆殺しにしてやる。

眦《まなじり》に鋭さが増し、部屋の中の圧が高まる。ひっと恐怖から漏れた声が耳に届いたが無視し、片膝をつく丁を見下ろした。

「どこだ」

「人の世に。凪の住処があった場所の近くです」

短く答える丁に、時雨が拳を握りしめる。ぎりぎりと爪が掌に食い込み、血が滲んだ。

「大旦那様、早霧様より天狗の長老が動いたと」

総二郎が告げた言葉に目を眇め、怒りを抑え込むように握った組紐をさらに強く握りしめた。

「丁、行くぞ。総二郎はついてこい。鈴波は、『ゆわい』に行って夏乃に状況を説明しろ」

「御意」

「わかりました」

「すぐに」

丁、総二郎、鈴波が答える。部屋を出るため足を進めた時雨は、敷居の前で足を止め、奏矢を一瞥した。

「凪になにかあれば、お前といえど無事に済むと思うな」

冷淡な声で告げた時雨に、答える声はない。それすらも構わず、時雨は部屋を後にする。

「大旦那様。柊様より、宿は任せておけ、と」

「ああ」

背後から、そっと総二郎の声が掛けられる。それに小さく応えると、屋敷の奥庭にある祠へ向かう。

あやかしの世から人の世に渡るには、制限がある。『ゆわい』から行く場合のみが例外で、目的地を決め正門から出れば自ずと導かれるが、あやかしの世においては限られた地点からしか向かうことができない。

その限られた地点——扉の一つが、この屋敷の奥庭にある祠《ほこら》だった。時雨が、初めて凪に会った時もそこから人の世へ向かったのだ。

小さくなった丁が、時雨の肩に乗る。そして、時雨が握る組紐を見つめて呟いた。

「主、それ、凪とお揃い。凪が、もう一つ、つけてる」

「……ああ、そうだろうな」

そうして、握った組紐を、素早く手首に巻き付けた。そこから流れ込んでくるのは、凪の優しい気配と——時雨自身の、力。

恐らく、これがあれば凪を守ることができる。だが、一刻も早く助けにいかなければ。凪にかけた封じの術は、既に綻《ほころ》んでいる。今の状態で『ゆわい』の外に出れば、あやかしが凪の血を求めて集まってくるのは目に見えていた。

（凪。……無事でいろ）

祈りながら軽く口づけた組紐が、ほんの一瞬、熱を持つ。だがそれには気づかないまま、時雨は祠に向かうために足を速めたのだった。

◇◇◇

ゆさゆさと揺らされる感覚に、うっすらと意識が浮上する。

「凪、起きて。凪……っ」

焦ったような雪葉の声に、はっと覚醒し目を見開く。そうして慌てて身体を起こすと周囲を見渡した。

「ここは……？」

木々に囲まれたそこは、どこかの森の中のようだった。困惑に眉を顰めると、凪の横に座り込んだ雪葉が泣きそうな顔で告げる。

「凪の家の近くだよ。早く行こう。怖いのが近づいてくる」

「え？　家の近くってまさか……」

「早くっ」

まさか、御坂の家の近くだろうか。そう思いながら、急《せ》き立てられるように雪葉に手を引かれ、走り始める。とはいえ、足を引き摺りながらのため、たいしてスピードは出せない。

今確かなのは、雪葉に連れられた先が人の世界で、時雨達に黙って『ゆわい』を出てしまったということだけだ。そして恐らくここは、凪が住んでいた家の裏の森の中なのだろう。

「……っ、ねえ、雪葉。なんで俺達はここに？」

「外に出る時は、知ってる場所のどこかにしか、出られないから」

息を切らしながら走る雪葉は、なにかから逃げるように必死に周囲を見回している。

どうして、雪葉は凪を『ゆわい』の外へ連れて来たのか。

(奏矢さん……?)

変わったことと言えば、奏矢と顔を合わせていたことくらいだろう。

「雪葉は、俺を助けてくれたの?」

「……だって、あの人、凪苛《いじ》めてた」

くしゃりと顔を歪ませた雪葉に、やはりそうかと腑《ふ》に落ちる。時雨との約束を破ってしまったことは申し訳ないが、心配してくれた雪葉を叱ることはできない。

「それに、またここに来たら、凪喜ぶって……。でも……っ」

誰かにそう言われたかのような言葉に問おうとした瞬間、雪葉の声が途切れる。同時に、ばさりと音がし、正面に黒い影が立ちはだかった。

「……っ!」

大きなそれに息を呑み、雪葉とともに足を止める。

「あ……」

凪と手を繋いだ雪葉が、耳を伏せる。震えている身体を引き寄せて、庇《かば》うように前に出た。

「あやかし……?」

そう呟いた瞬間、黒い影は、再びばさりと音がしてその形を露《あらわ》にする。よく見ればそれは黒い翼を持つ人の姿をしていた。

「狐の小僧も、案外役に立つものだ」

愉快そうにそう告げたその声と姿に、ぎくりと身体が強張る。徐々に霧が晴れるように姿が明確になり、やがてそこには一人の老齢の男が立っていた。着物姿の男に、凪は驚きに目を見張る。

「あなたは……」

「ほう。店主の伴侶は、力を分け与えられただけのただの人ではなかった、ということか。この匂い……実に美味《うま》そうだ」

くくっと口元を歪ませた男は、ひたりと凪に視線を合わせるとその黒い瞳を眇める。

「餌には勿体《もったい》ないが、縁があった方がより力が増すのでな。名くらいは教えてやろう。儂《わし》は天狗の長老、壮賢《そうけん》。鬼の伴侶よ。儂に喰われ、この力の一部となる誉れを与えてやる」

「……──」

ざり、と男──壮賢から目を離さないまま、ゆっくりと後退《あとずさ》る。どうにかして、隙を見て逃げ出さなければ。そう思いながら距離を取ろうとし、だが、ふっと背後に気配を感じ振り返る。

「……っ！」

周囲に点在する、黒い影。恐らくそれらは、全てあやかしだ。凪達を囲むように立つあやかし達は、こちらには近づいてこないが、逃げられそうな場所は塞がれていた。

「なんで……。だって、凪、喜ぶって……」

がたがたと震える雪葉が、凪にしがみつきながら小さく掠れた声で呟く。

「あの宿さえ出てしまえば、儂の力の一部となれるのだ。望外の喜びであろう？　まあ、鬼の力だけでなく、餌としての素養があったのは予想外ではあったが」

どうやら、あの鬼は知っていて隠していたようだな。そう告げた壮賢がにやりと愉悦に塗《まみ》れた笑みを浮かべる。

「さあて、どうやって喰おうかの。……ああ、そうだ。折角ならあの忌々しい鬼の絶望に歪む顔を見てやろうか。お主からは、あやつの気配がする。どのみち、そう遅くないうちにここへも来るだろう」

そう告げた壮賢は、凪達を見据えたまま続けた。

「わずかの間、待ってやろう。どこへなりとも逃げるがいい。ただし、次に儂に捕まった時が、お主の最後じゃ」

そう言われた瞬間、凪は、雪葉の手を引き走り出した。足を引き摺りながら壮賢の横、手の届かない場所を通り抜け、必死に前へ進む。

「凪……」

震える雪葉の声に、大丈夫、と答える。ふと脳裏に過ったのは、祖母と住んだ家に祀《まつ》られていた祠。祖母が大切にしていたそれの前で、昔、祖母が言っていたのを思い出したのだ。

『ここから、ご先祖様が私達を見守ってくださっているんだよ。大切にしないとね』

どうしてかはわからない。ただ、あそこに行けばなんとかなるような気がした。走っていると、なんとなく見覚えのある場所に辿り着き、もう少しで祖母と暮らした家があると確信できた。

（誰かに、見つからないようにしないと。でも、今は……）

少なくとも、ここであのあやかしに殺されてしまうわけにはいかない。捕まれば、雪葉とてどうなるかわからないのだ。

「……っは、雪葉、頑張って」

「僕は大丈夫。でも、凪……」

「大丈夫だよ。雪葉、『ゆわい』に戻る方法、知ってる？」

息を切らしながらそう問うと、雪葉が「うん」と小さく呟く。

「でも、僕は、大旦那様からもらった木札がないと行けないの……」

今回は、夢中で飛び出してきてしまったため、それが手元にないという。どうすればいいのだろうと困惑するまま走り続けていると、ふっと背後に気配がした。

「……っ！」

もう追いつかれてしまったかと振り返ろうとすると、凪の身体がふわりと浮いた。え、と思った時には、見覚えのある姿に抱き上げられていた。

「丙！」

「遅くなった。もうすぐ主が来る。それまで時間を稼ぐ。雪葉は狐に戻って走れ」

大人の姿になった丙が、凪を抱き上げたまま走る。言われた雪葉も、子狐の姿に戻り走るスピードを上げた。

「凪の家に、まだ、主が作った扉が残っている。そこまで行けば、『ゆわい』に戻れる」

「ありがとう、丙。ごめんね」

「我らは、凪のために作られた。謝る必要はない」

淡々とそう告げた丙は、さらにスピードを上げる。そうして、見覚えのある開けた場所にきた瞬間、ざわりと全身が粟立《あわだ》った。同時に、丙がぴたりと足を止める。

「どこぞから鬼の気配がしていたが、子鬼がついてきておったか。まあいい。遊びはここで仕舞いじゃ」

ばさり、と再び音がし、上空から壮賢が下りてくる。地に足を着けた直後、ばさりという音とともに背中の翼が消える。

「天狗などに、凪を傷つけさせはせぬ」

「ほざけ。子鬼風情になにができる」

互いに睨み合い、丙が抱き上げていた凪を下ろす。そうして、小さな声で囁くように呟いた。

「凪と雪葉は、我があれを足止めしている間に、凪の家の祠に向かえ。あそこなら、多少、時間が稼げるはずだ」

「丙……」

「我は問題ない。……行け！」

丙が壮賢に向かって走るのと同時に、雪葉とともに走り出す。がんっとなにかが激しくぶつかる音が背後から聞こえ、思わず足を止めそうになる。だが、今自分がここに残っても丙の迷惑になるだけだと、無理矢理足を前に進めた。狙われているのが自分なら、むしろ少しでも離れていた方が良い。

「雪葉。雪葉は、時雨さんが迎えに来るまで、どこかに隠れていて」

「やだ！」

そう告げると、足下から強い拒否が返って来る。子狐姿の雪葉は、先導するように凪の前を走っていた。

「でも……」

「僕だって、凪を守るんだ」

そう言った雪葉に、ありがとう、と小さく呟く。だが、実際問題、自分と一緒にいれば巻き込まれかねない。どうしようと悩み、けれど、すぐに視界に見覚えのある祠が映りほっとする。

「雪葉、見え……っ！」

「……――っ‼」

だが、言おうとした言葉は、最後まで音にすることができなかった。小さな、けれど甲高い悲鳴とともに、目の前にいた子狐の姿が吹き飛ばされる。驚愕《きょうがく》に目を見開き、慌ててその姿を探すと、近くにあった木の幹にぶつかりずるずると滑り落ちていた。

「雪葉‼」

反射的にそちらに走り、小さな身体の前に膝をつく。なにかに切り裂かれたように、地面に落ちた身体からじわじわと血が滲み血溜《ちだ》まりを作っていった。

がたがたと震える手で、雪葉の身体に触れる。幸い息はあり、か細い声で雪葉が呟いた。

「逃げ……、凪……」

「雪葉！　しっかりして！」

小さな身体を抱き上げようとし、だが、下手に動かして傷口が開いたらと思うと躊躇する。そうして、倒れた雪葉を背中に守るようにして、背後を振り返った。

「……っ！　丙！」

「つまらぬ。暇つぶしにもならなんだ」

どさり、と。壮賢に片手で放り投げられた、血に塗れた丙の身体。ぐっと息を呑み、丙、と再び声をかける。ぴくりとも動かない身体に歯を食いしばり、けれど、迷ったのは一瞬だった。

壮賢から目を離さないまま、二人から離れ、ゆっくりと祠の方に向かおうとする。自分がここから離れれば、二人はこれ以上手を出されないかもしれない。

「見捨てて逃げるか？　それでも構わぬよ。だが、この二人はこの場で喰ってやるがな。まあ、腹の足し程度にはなるだろう」

「……っ！」

進めていた足が、ぴたりと止まる。どうすれば、二人を助けられるのか。唇を噛みしめ、強く拳を握りしめた。

「あなたが欲しいのは、俺の血と時雨さんの力でしょう？　二人には、手を出さないでください」

「まあ、そう急くな。獲物は、絶望しておった方が美味いのでな。ただまあ、これ以上ちょろちょろされてもうっとうしいから、足止めくらいはしておくか」

そう言って笑った壮賢が、ふっと一瞬で距離を縮めてくる。突如目の前に現れ、直後、肩に激しい痛みが走った。

「……――っ！」

零れそうになる悲鳴を、必死に押し殺す。ここはすでに、御坂の家の近くだ。悲鳴を上げれば誰かに気づかれるかもしれない。呻《うめ》きながら肩を押さえ膝をつくと、ふふふ、と楽しげな声が頭上から落ちてきた。

「美味い、美味いぞ！　これほどのものとは！」

肩を押さえた手が、ぬるりと滑る。壮賢に鋭い歯を立てられたそこから、血が流れていくのがわかる。同時に、周囲に黒い影が集まってきているのに気づいた。

「ふん、血の匂いを嗅ぎつけて小物が集まりおるわ」

痛い。痛い。熱い。

痛みとショックで、頭から血が下がっていくのがわかる。顔が冷たくなり、けれど、ここで倒れてしまっては二人もどうなるかわからないと必死で顔を上げた。

「ほう。これだけでも、随分と力が上がる。あの鬼が隠したがるわけだ」

なにかを確かめるように、右手を握ったり開いたりしていた壮賢が、さて、と地に伏せた丙と雪葉を順に見遣る。

「本当なら、もっとゆっくり遊んでやりたいところじゃが、あまり時間もなさそうだからの。さっさとすませるか」

そう言った壮賢が、倒れた丙の身体に足をかける。そうして、なにかを試すようにぐっと足に力を込めた。

「やめ……っ」

「……ぐっ！」

短い呻き声とともに、ぱしんっとなにかが弾けるような音がして、丙の身体がふっと消える。小さな光の粒が舞い、やがてそれも壮賢に吸い込まれるように消えていった。

「あ……」

「子鬼ならば、この程度か。まあ、それでも過ぎたほどに力を与えられていたらしいが」

ふん、と鼻を鳴らしたその姿に、がたがたと身体が震える。丙が、消えてしまった。強い胸の痛みとともに、視界が涙に滲む。けれど、涙を零さないように必死に唇を嚙みしめた。

(どうしよう。どうすればいい？)

せめて、雪葉だけでも逃がしたい。そう思いながら、血に濡れた手で雪葉の身体を抱き上げ、どうにか立ち上がる。残していけないのなら、一緒に逃げるしかない。

痛みを堪え、足を引き摺りながらも壮賢から離れようとする。

「ほう、まだ動けるか」

そう言いながら、一歩一歩近づいてくる壮賢に、震える足を叱咤《しった》しながら逃げ続ける。

まるで逃げる獲物を追い詰めて弄《もてあそ》ぶように凪の後ろをついてくる壮賢に、どうにか、雪葉だけでも祠に届けなければと必死で足を進めた。

(時雨さん、時雨さん……ッ)

死ぬことは、怖くなかった。生きる時間を与えてくれた時雨のためなら、命が尽きることに未練はなかった。与えてもらったものを、返すだけ。そう思っていたから。

けれど、今はただひたすら怖かった。

雪葉が殺されてしまうかもしれないことも、自分があやかしに喰われてしまうかもしれないことも。

今ここで、このあやかしに食べられてしまえば、自分は時雨になにも返せない。それどころか、これまで以上に迷惑をかける。壮賢は、なぜか時雨を憎んでいるようだった。ならば、もし凪を喰らって力を得たら、時雨に危害を加えるかもしれない。

時雨に力を返せないまま凪が喰われ、もし時雨になにかあれば。

そう考えること、心の底からぞっとした。

「嫌、だ……。それだけ、は……」

必死に呟きながら、足を進める。遊ばれているとわかっていても、背後から近づいてくる足音からひたすら逃げ続ける。今の凪には、それしかできなかった。

死ぬのが怖いのではない。……時雨のためになにもできないまま死ぬのが、怖いのだ。

これまで、時雨に与えてもらった時間が、全て無駄になってしまう。恩を仇《あだ》で返してしまう。そして、時雨の傍にいられなくなってしまう。

その全てが、怖かった。

（もっと、一緒にいたい……）

そして、恐怖と混乱と痛みでなにも考えられなくなってきた時、ふっと、ただそれだけが心に浮かんだ。

帰りたい。あの優しいあやかしのもとに。そうして、これからも一緒に生きていきたい。

いつの間にか、血で汚れた頰を洗うように涙が流れていた。ひっく、と。嗚咽《おえつ》しながら、凪はひたすら足を進めた。

（帰りたい。時雨さんのところに。こんなところで、死にたくない）

強くて、優しくて、甘くて。そして、多分、誰よりも孤独な鬼。あの優しさの中に滲む諦観は、きっと、凪と同じ孤独によるものだ。

なにも求めない。なにも、求められない。

手を伸ばしても、きっと手に入れられないと諦めていた。多分それは、時雨も同じ。

けれど、時雨は凪を待っていてくれた。もしも凪が手を伸ばしたら、きっと、時雨は躊躇わずにその手をとってくれる。

（そうしたら、寂しくなくなるのかな……）

ぼんやりとした頭でそんなことを考えていると、逃げる足が小石に取られてしまう。思わず転び、だが、腕の中の雪葉を潰さないように抱き締めた。

「なんだ、ここまでか。……まあいい、ならば、二人ともまとめて喰ってやろう」

背後から聞こえてきた、楽しげな声。そうして伸ばされた手に、凪はぎゅっと目を閉じ反射的に叫んでいた。

「時雨さん……っ！」

直後、ぱしっと静電気に弾かれたように、壮賢が手を引く。

「なに⁉」

「……っ」

手首が熱を持ち、直後、ぱらりと結んでいた組紐が外れた。見れば、時雨と揃いで作ったそれが、黒く焼け焦げて落ちていた。

「あ……」

時雨の力が、守ってくれたのだ。そう思った瞬間、凪の首に壮賢の手がかかった。強い力で圧迫されたまま、身体が持ち上げられる。ずるりと、腕の中から雪葉の身体が滑り落ちた。

「……っ、ぐ」

「あの忌々しい鬼の力か。こざかしい」

苛立たしげにそう告げた壮賢が、先ほど歯を立てた凪の肩に再び噛みつく。血が吸われる感覚に、声にならない声で叫んだ。

「……――っ！」

痛みと衝撃、そして息ができない苦しさに、顔を歪める。

痛い、痛い、痛い。苦しい、誰か……——。

「しぐ、れ……」

助けて、と。遠ざかる意識の中でそう呟いた瞬間、ふっと身体から圧迫感が消えた。

「ぐあっ！」

浮いていた身体が落ちる感覚と同時に、誰かの腕に支えられる。力の入らない身体をその腕に預けると、ぼんやりした意識のまま、うっすらと瞼を開いた。

「時雨……さん？」

「……凪」

痛みを堪えるような時雨の顔が間近にあり、凪は安堵からふわりと微笑む。

ああ、もう大丈夫。

そう思った直後、凪の身体を抱く腕に力が籠もり、そうして、そっと地面に下ろされると近くの木の幹に寄りかかるように座らされた。

「……少し、待っていろ。すぐに片付ける」

「時雨、さん。気をつけ、て……」

激しい怒りを押し殺した、冷たい声。その声に、思わず手を伸ばそうとするが、腕が上がらない。せめてもと思い、時雨の背中に声をかけると、大丈夫だ、と淡々とした声が返ってきた。

「くそ！　力を失い落ちぶれた鬼の分際で、儂の邪魔をするか！」

「うるさい。凪を傷つけた罪、その命で贖《あがな》ってもらう」

「は！　天狗の長老を手に掛けるか！　我が一族の……」

「今回のことは、ひとえにお前の暴走であると天狗の頭領から申し入れがあった。鬼と妖狐と『ゆわい』を敵に回すような愚は犯さぬということだ」

「……貴様！」

「お前は、力を求めるあまりやりすぎた。同族からも煙たがられているとも知らず哀れなことよ。私がここでお前を殺せば、それで終わりだ」

　ぎらぎらとした殺意を込めた瞳で時雨を見据える壮賢。それに対し、時雨は冷淡なまでに相手の言葉をたたき落としていく。

「くくっ！　まあいい、その人間の血を取り込んだ儂の力が、どの程度のものか、その身をもって知るといい！」

　壮賢が、ばさりと翼を広げ時雨に向かってくる。鋭い爪で時雨の身体を切り裂こうとするが、対する時雨は、その全ての動きが見えているように危なげない動きで避けていた。

「くだらぬ。自身の力量と凪の力を見極められぬ愚か者に、私が傷つけられると思うか」

　そう告げた時雨が、ぱしりと、壮賢の腕を掴む。ぎりぎりと力比べをするように睨み合ったところで、壮賢が驚愕の表情を浮かべる。

「貴様、その力……、なぜ……っ！」

「凪は、私の伴侶だからな」

そう告げた瞬間、ふわりと、時雨を中心に風が巻き起こった。痛みに薄れそうになる意識をどうにか繋いで時雨を見つめていると、その額に二本の角が現れているのが見える。

（あれ、は……）

強い光を放つ、金色の瞳。その瞳を魅入られるように見つめていると、壮賢が焦ったように身を捩り始める。

「くそ、離せ……っ！　なぜ、鬼の本性が出せる！　貴様は力を……っ！」

「失った。が、『伴侶であれば分かち合える』と、長く生きたお前なら知っているだろう」

ぎりぎりと、時雨が摑んだ腕に力が込められているのがわかった。手首を潰しそうなそれに、壮賢が痛みに顔を歪めている。

それでも、時雨のことが心配で、遠のきそうな意識を必死に繋いでいると、直後、どすっと鈍い音が耳に届いた。

「ぐあ……っ、あああ、なぜ、な……、ぐあああああ……っ」

「……ああ、そろそろか」

壮賢の苦悶《くもん》の声と、時雨の淡々とした声が同時に聞こえてくる。すでに視界は霞《かす》み、なにが起きているかはわからない。けれど、壮賢が、なにか予想外の事態に困惑しているのだけ

はどうにかわかった。そして、それを時雨が予想していたことも。

「凪の血は、お前ごときには過ぎた力だ。……不用意に取り込めば、身を滅ぼすほどにな」

「ぐ、あああああ、まさか……——っ！」

やがて、苦しげな声が徐々に小さくなっていく。壮賢の姿は、時雨の背に隠れてこちらには見えない。多分、凪に見えないよう隠してくれているのだ。

（助かった……？）

そうして、周囲に静寂が戻った時、凪の意識はすとんと暗闇の中に落ちていった。

◇◇◇

十日後、凪は静かな部屋の中で、縁側に座り夜風に吹かれながら月の光に照らされた庭をのんびりと眺めていた。

寒くないようにと、隣に座る時雨に腰を抱かれ身体を預けているため、触れ合った部分からじんわりと体温が伝わってくる。

あれから、凪は時雨によって『ゆわい』に連れ帰ってもらい、数日間眠り込んでいた。壮賢によってつけられた傷は、時雨に力を注がれて早急に癒えたため痕も残っていない。とはいえ、回復に自身も体力を使ったのと、足を酷使して古傷の痛みがぶり返していたため、しばらくは安静にと言われ、目を覚ましてもさらに一週間ほどは布団から出してもらえなかった。

そうして今日、ようやく床上げをして普段通りの生活に戻ったのだ。

時雨は、凪が目を覚ますまで傍にいてくれたが、それからは後始末で忙しそうにしていた。それでも、隙あらば凪の様子を見に来てくれていたが、しかめっ面をした総二郎に幾度か連れ戻されていた。

壮賢によって消されたと思った丙は、時雨の手によって無事に助け出されていた。あの時、すぐ近くまで時雨が来ていると感知したため、壮賢に力を吸い尽くされる前に、自ら実体を解いて時雨のもとに戻ったのだという。

雪葉も、幸いにもつけられた傷はさほど深くなかったらしく、気は失っていたものの命に別状はなかったらしい。とはいえ、凪を『ゆわい』から連れ出した罰として、しばらくは妖狐の里から出してもらえないのだという。

ごめんなさい、と。涙に滲んだ文字で綴《つづ》られた手紙を受け取り、凪は、また外に出られるようになったら遊ぼうと返事をしておいた。

雪葉自身に悪気はなかったのだ。できれば罰は与えないで欲しいと、時雨と、事後報告にきた早霧に頼むと、必要以上に厳しくはしないと告げられた。

『ただし、妖狐の長《おさ》としては、あれがあのまま育つのは危険だからね。しばらくは勉強漬けだ。まあ、今回、自分のせいで凪君を危険な目にあわせたのは理解しているみたいだから、大人しく頑張るだろう』

今回のことで、一族の者が迷惑をかけたと頭を下げてくれた早霧がそう続け、また遊びに来た時はいつも通りに相手をしてやってくれ、と言われ一も二もなく頷いた。

『凪君には、いくら頭を下げても足りないくらいだ。あれは、何度も命を救われている。妖狐一族は、なにかあれば必ず凪君の力になる。必要な時は、いつでも言ってくれ』

そう再び頭を下げられ、むしろ凪の方が恐縮してしまった。雪葉は、凪の数少ない大切な友達だ。困っている時は助けるのが当然なのだから、気にしないで欲しい。そう告げると、なぜか早霧は、仕方がないといったふうに苦笑した。

『その台詞《せりふ》、時雨の前ではあまり言わない方がいい』

そして、なぜだかわからないが、そう忠告されてしまった。

「……凪？　大丈夫か？」

ぼんやりと先日までのことを思い出していると、体調が悪いと思ったのか、時雨が心配そうな表情でこちらを覗き込んでくる。

「まだ本調子でないのなら、早めに休むといい」

そう告げられ、思わず苦笑しながらかぶりを振る。ここ二、三日は、微熱も引き、だるさもなくなってきていたのにもかかわらず、周囲が床上げを許してくれなかったのだ。そのため、すっかり退屈してしまっていたほどだった。

（こっそり起きて縫い物してたら、怒られたし……）

食事を運んできてくれた夏乃に見つかり大目玉を食らった上、裁縫道具は全て取り上げられてしまった。とはいえ、ずっとぼんやりとしているのも暇で、時々起きて縁側で風にあたるくらいのことは許してもらったが。

「大丈夫。もうすっかり元気です。むしろ、少し動かないと身体が鈍《なま》って動けなくなるので」

「しばらく寝ていたのだから、しばらくは、歩く時には必ず私を呼ぶように」

「えええ……。そんな、大丈夫ですよ？　もう、痛みも引きましたし」

「駄目だ。私も、宿の外に出る用事はあらかた落ち着いた。なんなら、仕事道具を持って私の部屋にいればいい。そうすれば、仕事をしながらでも傍にいられるし、歩きたい時もすぐに動ける」

ああ、それがいいな。いいことを思いついたというように口端を上げた時雨が、明日には準備させようと一人で決めてしまう。

「や、あの、時雨さん！　それはさすがに、お仕事の邪魔……」

「邪魔になどならぬ。むしろ、凪が目の届くところにいてくれた方が、安心できる」

言いかけた言葉を遮られ、うう、と気まずさに視線を彷徨わせる。自分から出て行ったわけではないものの、雪葉が相手だったため気を抜いていた部分は大いにあった。だからこそ、雪葉が責められるのは違うと、凪は時雨と早霧に訴えたのだ。

「……雪葉は、あの天狗に軽い術を施され誘導されていたようだ」

「え？」

凪が、雪葉のことを思い出したのがわかったのだろう。時雨がそっとそう告げた。

「今日、早霧から報告が上がった。雪葉の、ここしばらくの記憶に抜けがあった。それを調べていたところ、ほんのわずか、天狗にかけられた術の残滓《ざんし》が見つかったそうだ」

凪になにかあれば、『ゆわい』の外に連れ出して人の世に連れて行けば助けられる。そう、無意識下にすり込まれていたらしい。

そしてそれが、奏矢と対峙する凪の姿を見た瞬間に、雪葉の背を押した。

「無断で凪を『ゆわい』から連れ出そうとした奏矢にも責がある。あれも、頭領としての自覚を持つまで、この宿への出入りを禁じた」

「それは、でも……」

「下手な情けは、あれのためにならぬ。ああ……、凪に対して無礼を働いた分は、私がきっちり返しておいたからな」

「え!?　って、待ってください、時雨さん！　別に俺はなにも……」

奏矢に関しては、時雨に関することで責められはしたが、それだけだ。本当になにもされてはいない。それに、責められて当然なので、凪は理不尽とは思ってもいないのだ。

「私が決めて、私がやったことだ。凪を責める時点であれに非がある」

きっぱりと言い切った時雨に、どういう顔をしていいのかわからなくなる。

奏矢に対して申し訳ない気持ちは変わらない。だが同時に、嬉しくもあった。それが、ひどく曖昧な笑みになって、凪の顔に浮かぶ。

「……時雨さん」

そっと目を閉じて時雨に寄りかかり、ほんのわずか体重を預ける。その凪の仕草に、腰を抱く時雨の手がぴくりと震えた。

「俺はずっと、時雨さんにになら、食べられてもいいと思っていました」

「凪、それは……」

「それは、今でも変わっていません。もしも、万が一、命が尽きることがあるなら、俺は、時雨さんのために死にたい」

そう告げた凪が、右手をそっと持ち上げると、時雨の左手が握ってくれる。指を絡めて握り合った手に、少しだけ力を込めた。

こんなことを言うのは、我儘《わがまま》かもしれない。けれど、あの時強く思ったことを、時雨にも伝えておきたかった。

「けど、あの時……。あのあやかしに殺されそうになった時、俺は、生きたいと思いました。時雨さんと一緒に。ずっと……、傍にいて、生きていきたい」

「……っ」

わずかに、時雨が息を呑む気配がする。ぎゅっと時雨の手にも力が籠もり、それに勇気づけられるように言葉を続けた。

「初めて、でした。みんな、いつかは別れる人達だからと、ずっとそう思ってました。だから、一緒にいられなくなっても仕方がないって。祖母が亡くなった時も、そう思って」

悲しかったけれど、仕方がないのだという諦めがいつも心の奥底にあったため、日々を過ごしているうちに悲しみも薄らいでいった。ずっと。……ずっと、こんなふうに、人々は自分の周囲を通り抜けていくのだと、そう思っていたのだ。

「でも、時雨さんとだけは、ずっと一緒にいたいって……、そう、思ったんです」

「凪……」

「許して、もらえますか？　俺は、なにもできないし、迷惑をかけるばっかりですけど……」

そう言った瞬間、繋いだ手がぐいっと引かれる。目を見開くと、凪の身体はすっぽりと時雨に抱き締められていた。背中に回った腕が、痛いほどに凪の身体を締め付ける。

「私が、望んだのだ。伴侶として、ともにいて欲しいと」

かすかに震える声。そこに、喜びと、涙が滲んでいるような気がして、凪はそっと目を閉じて時雨の背中に腕を回す。

全身を包む体温に、ひどく安心する。やっと、帰ってきたのだと、心の奥のなにかが告げていた。

「凪。私の伴侶に、なってくれるか?」

ふっと緩んだ腕が、ほんの少し凪の身体を離し、間近から時雨が顔を覗き込んでくる。真剣な色を浮かべる金色の瞳を見つめたまま、凪は、込み上げる感情を必死に飲み下しながら、涙を堪え不器用な笑みを浮かべた。

「……はい。ずっと、一緒にいさせてください」


「……ん、ふ」

くちゅり、という水音とともに塞がれていた唇が解放され、凪は、ぼんやりとした瞳で目の前の金色の瞳を見つめる。

「凪、舌を」

短くそう告げられ、なにも考えられず、言われるがままに舌を差し出す。その舌に時雨のそれが絡められ、淫靡《いんび》な音を立てながら味わうように吸われる。

「んん……っ」

座敷のローベッドの上で、仰向《あおむ》けに横たわった凪は、上から覆い被《かぶ》さるようにして口づけを続ける時雨に翻弄されていた。もう、どのくらいそうしているのか。息を継ぐ暇もなく繰り返される口づけに、頭はぼんやりとし、唇も熱を持っている。飲み込み切れなかった唾液が喉元を伝い、首筋を濡らす。それを拭うように時雨の舌が肌を辿り、瞼や額、頬、そして首筋に幾度もキスが落ちてきた。

「……っ」

身に纏っていた浴衣《ゆかた》は乱され、ほとんど脱げかけている。辛うじて袖を通して帯で止めら

れているだけで、身体のほとんどは肌が露になっていた。

首筋に落とされた唇が、肌を強く吸う。それにぴくりと身体を震わせると、つけられた痕

をなぞるように舌で舐められた。

「ふ、あ……」

ゆっくりと身体を辿っていく舌が、やがて胸へと辿り着く。そうして、胸の頂に唇が触れ

た瞬間、そこを強く吸われ身体が跳ねた。

「あああ……っ！」

びくっと、まるで胸を差し出すように背筋が反り、さらに強く吸われながら反対の胸先が

指先で押し潰される。親指の腹で胸粒を弄られ、さらに鋭敏になったそこに軽く歯を当てら

れると、腰の奥から一気に震えが走った。

「あ、や、あああ……っ」

すでに、口づけだけで翻弄されていた凪の身体は、以前、一度だけ与えられたその感覚をすぐに快感と認識し、追い上げられてしまう。

びくびくと腰が震え、そしてすぐに、胸を弄られただけで達してしまったことを悟り羞恥から腕で顔を隠す。

「凪、顔を隠すな」

「や……っ」

むずかる子供のようにかぶりを振ると、ふっと笑う気配がし、腕に軽く口づけられる。そうして、濡れた感触のする下着が軽く引き下ろされた。

「ああ、気持ち良かったのだな……」

どこか嬉しげな声で時雨がそう呟く。そうして、ことさらゆっくり下着を脱がされると、濡れた中心に時雨の指がかけられた。初めて、他人に直接触れられ、反射的に身を捩ってしまう。

「大丈夫だ。怖くはない」

宥めるようにそう呟いた時雨が、凪の脚の間を膝で割り、ゆっくりと開かせる。そうして再び覆い被さってくると、凪、と優しく名を呼ばれた。

ゆるゆると、顔を隠していた腕をどける。するとそこにあったのは、とろりとした甘さを滲ませる金色の瞳で、胸が高鳴るのと同時に身体から力が抜けた。

なによりも安心できる瞳。けれど同時に、唯一、鼓動を乱されるそれ。

「時雨さん……」

ゆっくりと口づけられ、口腔に舌が差し入れられる。そうして、凪の中心にかけられた時雨の指が、再び凪を追い上げるようにゆっくりと動き始めた。

「あ、あ……」

一度達して萎えていたそれは、優しく、けれど容赦なく追い上げる動きに再び頭をもたげ始める。口づけが解かれ、空いた方の手で再び胸を弄られる頃には、凪のものは先走りを零しシーツを濡らしていた。

「や、駄目、また……っ」

どのくらい続けられていたのか。達しそうになる直前で幾度も手を止められ、落ち着いた頃に再び動き出す。そうして、何度も放埒を逸らされ、凪はもどかしさと全身に籠もる熱に身を捩った。自ら快感を追うように腰を揺らしているのすら、気がついていない。

「まだだ。……もう少し、我慢してくれ」

耳元でそう囁いた時雨の低い声にすら、びくりと身体が跳ねる。そうして、凪の中心から離れた時雨の手は、ゆっくりと脚に触れて内股《うちもも》を辿り、そうしてぐいっと凪の脚が持ち上げられる。

「……っ」

咄嗟に起き上がろうとして、けれど肩に脚をかけるようにした時雨と目が合い、ふっと時雨が目を細める。

「こちらの方が、負担が少ないだろう」

そう告げた時雨に、浮かせていた頭を戻す。凪も、これからなにをするのかは、一応わかっている。進んで知識を集めたことはないが、学校に通っていれば遠巻きにされていてもそれなりに色々なことは耳に入ってきていたのだ。

すでに、時雨に全てを預けている。それに、時雨は絶対に凪を傷つけるようなことはしない。それだけは、確固たる自信があった。

「……大丈夫、です」

それでも、未知の体験に震えてしまう声だけはどうにもならず、思わず「ごめんなさい」と呟いてしまう。すると、少し身を屈《かが》めてこちらに手を伸ばした時雨が、優しく頰を撫でてくれる。

「初めてのことを、怖いと思うのは当然だ。ましてや、凪は受け入れる側なのだから」

だから、謝らなくていい。そう優しく告げられ、凪の身体からふっと力が抜けた。

「そう、そのまま力を抜いているといい」

そう言った時雨の指が、後ろの蕾《つぼみ》を撫でる。すでに凪の先走りで濡れていたそこは、ゆっくりと差し入れられる時雨の指を受け入れていった。

きつくはある。圧迫感も。だが、思ったよりも痛みが少なく、ほっとする。

「伴侶となった者の互いの体液は、潤滑剤や媚薬《びやく》の役割を果たす。圧迫感はあるだろうが、痛みはさほどないはずだ」

安心させるようにそう告げた時雨の言葉に、小さく頷く。確かに、ゆるゆると、だが着実に進んでいく時雨の指に対して、凪の身体は自然とそれを受け入れようとしている。初めて開かれるそこが狭いのは確かだが、圧迫感程度で済んでいた。

それでも、時雨が時間をかけてゆっくりと凪の身体を解《ほぐ》してくれているのは、否応なく感じられた。幾度も幾度も指を抜き差しし、やがて本数が増えていくと、違和感の方が強かったそれが、次第にむず痒《がゆ》さを感じさせるようになった。

「ん、あ……っ」

零れそうになる嬌声が恥ずかしく、必死に声を噛む。だが、その度に時雨に咎《とが》めるように口づけられ、唇が解けた。

「あああ……っ！」

やがて、三本の指が凪の身体の奥を開くようにばらばらに動き始める。内壁を擦られながら抽挿されると、今まで感じたことのなかった強い快感が全身に走った。

「そろそろ、よさそうだな」

達しそうになった凪の中心を、指で縛《いまし》め解放を阻んだ時雨が、ゆっくりと身体の奥に埋めた指を引き抜く。その感覚にすらぶるりと身体を震わせ、凪は必死にかぶりを振った。

「も、や……、早……っ」

いつの間にか、身体中が火照《ほて》り、身体の奥からむず痒さが込み上げてくる。もっと奥まで、強く擦って欲しい。そんな衝動とともに、涙に滲む視界で時雨を見つめた。

「奥、に、欲し……、時雨、さ……っ」

散々解された凪の後ろが、熱を求めるようにひくひくと震える。そんな凪の姿に、ぐっと息を呑んだ時雨の瞳に、剣呑な光が宿る。

「凪、あまり煽《あお》るな……」

「でも……っ」

この持て余した感覚を、どうにかして欲しい。そう願いながら時雨を見つめ続けると、ぎり、と奥歯を強く嚙む音がかすかに耳に届いた。

そうして、凪の後ろに指とは比べものにならないほど熱く硬いものが押しつけられる。ゆっくりと身体の中に入ってくるそれを、だが、凪の身体はさほど抵抗のないまま受け入れていく。

それでも、初めて受け入れるそれの圧迫感はすさまじく、凪は思わず息を止めてしまう。

「凪、息を」

途中で動きをとめた時雨に耳元でそう囁かれ、ふっと息を吐く。その瞬間、太いもので一気に最奥まで貫かれ、目の前に星が散った。

「ああああ……っ！」

自分でもわからないまま、腰が跳ね、堪えていたものを一気に解放する。びくびくと幾度かにわけて射精を繰り返し、身体の中にある時雨のものを締め付けた。

「……っく」

かすかな呻き声が耳に届き、わずかに衝撃が収まった凪がうっすら目を開こうとする。ぽたり、と頬に汗が落ちてきて、瞼を開くと、間近に汗に濡れた時雨の顔があった。気がつけば、鬼の本性が表に出ているのか、額に鋭い角が現れている。

その瞬間、どくりと強く心臓の音が跳ねた。どきどきと鼓動が速くなり、同時に、身体の中にある熱を包む内壁がざわりと蠢《うごめ》く。

本能を露にするほどの、衝動。それが自身に向けられていることに、深い愉悦が満ちる。

「……時雨、さん」

そっと手を伸ばして、汗に濡れた時雨の角を撫でる。一瞬、びくりと身体を震わせた時雨は、だがなにも言わずに凪を見つめている。

一筋も凪を傷つけないようにと、時間をかけて身体を解してくれた。いつもの、優しい表情ではない、まるで獲物を前にした飢えた獣のような鋭い瞳に、恐怖よりも先に歓喜が全身を包む。

求められている。これまで生きてきた中で、最も強く、そう感じた。

このまま、時雨に全て食べられてしまいたい。そんな気持ちで、時雨の頬を撫で、するりと首に腕を回す。

「お願い、します。全部……食べて」

囁きながら、ほんの少し頭を浮かせて口づける。その瞬間、これまでの丁重さが嘘《うそ》のような荒々しさでシーツに押しつけられ、肩にかけられた脚が掴まれた。それでも痛みはなく、凪を傷つけないようにしているのだけはわかった。

「凪、凪……っ！」

「あ、あ、ああ……っ」

激しく腰を打ちつけられ、熱棒に内壁がかき乱される。達したばかりの中心は、またすぐに勃起し、先走りを零し始めた。

幾度も最奥まで突くように抽挿され、内壁を擦るように腰を回される。凪の身体もまた、時雨の熱を離さないように絡みついた。

「凪、愛している……っ。全て、髪の一筋すら、私のものだ……っ」

「時雨、さん……っ、あ、や、俺も……っ」

愛している、と。そう返したいのに、嵐のような快感に飲まれ言葉が嬌声の中に消えていく。時雨の独占欲に満ちた言葉と、身体から伝わる欲が、なによりも凪の心を満たす。

誰かの、唯一になりたい。

自分だけの、唯一が欲しい。

ずっと、心の奥底にあった、決して見ないようにしていた願い。

その願いを暴かれてしまった羞恥と、そして、その願いが叶えられた歓喜に心が震える。

「凪……っ」

このまま、溶けて一つになってしまいたい。隙間なく互いの身体を重ねるように抱き締め合い、時雨のものを受け入れる。激しくなる抽挿に、凪自身も迎え入れるように腰を揺らし、一際太さを増したそれを絞り取るように身体の奥が締め付けた。

「くっ……！」

「……あああっ！」

欲情に満ちた声とともに、最奥に時雨の熱が放たれる。びくびくと跳ねるそれを締め付け、最後の一滴まで絞り取るように内壁が蠢いた。

そうして、互いに濡れた肢体を絡めるようにして、凪は窓の外がうっすらと明るくなるまで、時雨の熱を受け止め続けるのだった。

◇◇◇

「凪、手を」

『ゆわい』にある時雨の私室より、さらに奥まった場所にある、八畳ほどの和室。

奥の間、と呼ばれているらしいそこの床の間の前に、時雨と並んで座った凪は、時雨に促され右手を差し出す。

「少し痛むが、我慢してくれ」

掌を上にされ、時雨が人差し指の爪を長く伸ばすと、ぷつりと凪の人差し指の腹に刺す。ちくりとした痛みとともに、わずかに血が盛り上がってくると、その指を目の前の畳の上にある紙に押しつけるように置かれた。

さほど大きくない紙には、紋様のようなものが描かれているが、それがなにかはわからない。ただこれが、凪が時雨と伴侶になるために必要な儀式だとは、説明されていた。

そうして、自らの右手の親指の腹を歯で傷つけた時雨が、同じように血のついた指を紙へ押しつけた。

「我、時雨の名をもって、御坂凪を伴侶とする」

時雨がそう告げた直後、紙の上の紋様が光る。驚いて隣を見ると、額に角のある鬼の姿に戻った時雨が、大丈夫、というように目を細めた。空いた左手で凪の腰が抱き寄せられる。

やがて、光っていた紋様がふっと紙から消え失せる。直後、凪の中からごそりとなにかが抜けていくような感覚とともに、身体に力が入らなくなる。

「凪、大丈夫か？」

がくりと倒れそうになった身体を腰を抱いた時雨の腕が支えてくれ、その腕に身を任せ時雨の胸にもたれかかった。

「はい、大丈夫です。けど、今のは……」

「その様子じゃと、上手くいったようじゃの」

問おうとした凪の声が、背後からの声に遮られる。振り向きたかったが、もたれかかった身体を起こすこともできず、だがその瞬間、ふわりと身体が浮いた。

「……っ」

凪を横抱きに抱き上げ立ち上がった時雨が、和室の中央に置かれた座卓へと向かう。そうして、あぐらをかいた脚の上に、凪を横抱きで座らせた。

「時雨さん……」

「しばらくは辛いだろう。私にもたれかかっているといい」

そう言いながら、優しく髪を梳《す》いてくれる。向けられる甘い笑みを見るのが恥ずかしく、思わず俯いた。

「あー、そこ、いちゃいちゃするのは二人だけの時にしてくれ」

溜息交じりの声に慌てて顔を向けると、座卓を挟んだ向かい側に座る早霧が呆れたような表情でこちらを見ていた。

「す、みま……せ……」

消え入りそうな声でそう呟いた凪に、隣に座る柊がからからと笑う。

「よいではないか。伴侶の契約も上手くいったようじゃし。そうだろう、時雨？」

「ああ、力はほぼ戻った。凪の力も、術を掛ける必要はないだろう」

柊の言葉に頷いた時雨に、思わず問う視線を向ける。

力が戻った、というのはどういうことか。

すると、凪の方を見た時雨が、掌で凪の頬を優しく撫でて続けた。

「伴侶の契約にも、幾つかあってな。最も深く強固な契約の場合、互いの力を共有できるようになる」

「え……」

茫然とした凪の表情に、黙っていてすまない、と時雨がわずかに眉を下げた。

「ただし、その契約は、互いが互いの存在を心から望み、自らの全てを相手に与える意志がなければ成り立たない」

「心から望んで……、全て、与える……」

「ああ。私は、凪の心も体も全てを望んだ。代わりに、私の全てを凪に与えることも厭《いと》わない。凪も、そう望んでくれた……そうだろう？」

その言葉に、ゆるゆると目を見張り、こくりと頷く。

生きて、一緒にいたいと。ずっと、時雨の傍らにいたいと、そう望んだ。

そのためなら、自分のなにを差し出してもいい。

「ようは、時雨が凪を口説き落として伴侶にできれば、血肉を喰わずとも力は取り戻せたという話じゃ。時雨が、同情からではなく凪自身に選んで欲しいと駄々をこねるから、ややこしいことになるんじゃ」

持っていた扇子を広げ、笑いながらそう告げる柊を、時雨が睨みつける。

「当然のことだろう。私が勝手にしたことを盾にとってどうする」

「同情をかってでも口説き落としてみせればよかろうに」

口元を扇子で隠した柊の瞳は、時雨をからかうように笑みの形に細められている。

「ま、力を返したいってだけじゃ契約は失敗してただろうから、結果的には良かったんだろう。鈴波なんかは、なんで教えてくれなかったときーきー騒いでたけど」

「え？」

早霧の言葉に目を向けると、苦笑を浮かべた早霧が肩を竦めた。

「まあ、ここまでの契約は、あやかし同士でも滅多にすることはない——というか、力の相性や気持ちの上でできる者の方が少ない。ゆえに、知っている者も少ないってこと」

「小娘が知っておったのは、一般的な人とあやかしの伴侶の契約——あやかしの力を人に与え、わずかばかり人の寿命を延ばす、というものじゃな」

「柊姐さん、それ、わざと鈴波に教えなかっただろ」

「そうじゃったかの？　なにぶん、長いこと生きておると、物忘れが激しくてな」

早霧の言葉に、悠々と扇子を振って答える柊の姿に、思わず苦笑してしまう。鈴波が、凪に時雨の力のことを話してくれた時、柊が言いかけていたのは多分このことなのだろう。けれど、あえて誤解を解かなかったのは、凪自身に悩ませ選ばせるためだったのだと思う。

「凪」

横抱きにされたまま、自身の膝の上に置いていた手を、時雨の手が包むように握ってくれる。その手と声に顔を向けると、間近にある時雨の顔が寄せられた。

額に軽く口づけられ、みんなの前なのに、と熱くなった頬を持て余しながら俯く。

「色々と、黙っていてすまなかった」

落とされた呟きに、はっと目を見開いて再び顔を上げる。そうして、困ったような笑みを浮かべる時雨にかぶりを振ってみせた。

「いいえ。大切なことは教えて頂いていましたし、結局、自分が決めなきゃいけなかったことなので。……悩みを増やさないように、してくださったんでしょう？」

それを時雨の優しさだと思いこそすれ、教えられなかったことに腹を立てることなどない。

たとえ、自らの命を差し出す以外の選択肢があったとしても、凪が心から時雨の傍にいたいと望まなければ、どうにもならなかったことだ。

むしろ、聞いていたら、同情と恋情の違いがわからなくなり余計に混乱していたかもしれない。

「凪君、あんまり時雨を甘やかさなくていいから」

「……えと、甘やかされているのは、俺だと思うんですが」

早霧の言葉に首を傾げると、時雨に横抱きにされた身体がさらに抱き寄せられる。

「あー、もしかしてこの状態を見せれば、奏矢も幾らか時雨に幻滅するんじゃないか？」

「どうかのう。まあ、あれも時雨に殴られて多少は目が覚めたじゃろうよ」

二人の言葉に、ふと、先日の出来事が脳裏に蘇る。

『申し訳なかった』

凪の前に正座し、畳に額がつきそうなほどに頭を下げた奏矢の姿。凪がそれを慌てて止めようとすると、時雨から、本人が望んだことだと逆に止められてしまった。

元々、奏矢が鬼の里にいる時雨のもとへ凪を連れて行こうとしたこと自体が、独断であり、直接的に『ゆわい』から連れ出したわけではないとはいえ、鬼の里へ連れて行こうとしたことは事実であり、それは『ゆわい』の中で保護を受けていた凪の命を危険に晒《さら》すことと同義であった。

万が一あのまま天狗に凪が利用されていれば、時雨の命もなく、自身が凪だけでなく時雨の命さえも危険に晒したのだと思い知り、激しく後悔したそうだ。

『ここへの出入りは禁じているが、直接頭を下げたいというのでな。今回だけ、特別に許した』

その言葉に頭を上げた奏矢は、凪を見遣り続けた。

『兄上のことを、頼む』

『はい』

その言葉にしっかりと頷き返した奏矢は、凪と時雨に頭を下げると振り返ることなく『ゆわい』を後にした。

それ以降、奏矢の様子は聞いていないが、最後にこちらを見た奏矢のどこかふっきれたような瞳に、なんとなくもう大丈夫だという気がした。

そして、奏矢のことを思い出した流れで、あることを思いつき時雨の方を見遣る。

「あの、鈴波さんに、時雨さんの力が戻ったことをお知らせしても構いませんか？」

恐らく、鈴波も奏矢も、時雨のことを案じているだろう。だが、正式に伴侶となったことを告げてもいいかわからず許可を求めると、時雨の目が細められた。

「どうしてそこで、鈴波の名前が出る？」

若干、押されるような気配に、思わずたじろぐ。

「時雨、凪君を威圧すんなー」

「他人の名前が出るくらいで取り乱すとは、まだまだ若いのう」

早霧と柊のからかう声をそのままに、ええと、と凪は焦って先を続けた。

「先日、体調はどうかと心配するお手紙を頂いたので、その返事を書く時に、お知らせしておこうかなと。お二人とも、時雨さんのことを心配しているでしょうし……」

「……いつの間に、文のやりとりなど」

「え、あれ、すみません。いけなかったですか？」

総二郎が、念のため内容は確認させて頂きました、と言って渡してくれたのだが、時雨が知らないとは思わなかった。そう思い、改めて問うと、しばらくの間の後「……いや」という返事が返ってきた。

「うわー。返事、遅っ」

「うるさいぞ、早霧」

じろりと早霧を睨んだ時雨が、凪の手を握っていた手を、指を絡めるようにして繋ぎ直す。

「宿でも、凪が正式な伴侶になったことは周知する。特に、隠しておかねばならぬ者はいないから安心しろ」

そう告げられ、ほっと安堵しながら「ありがとうございます」と微笑む。早速、後で鈴波に手紙を書こうと心の中で呟いた。

そして、もう一つの心配事を確認するため、早霧の方へ視線を向けた。

「あの、早霧さん。雪葉は、元気にしていますか？」

あの件以来、雪葉には会っていない。謝罪の手紙はもらっており、怪我もなく、妖狐の里で謹慎していると教えられてはいたが、どうしているか心配だったのだ。

「あー、大丈夫。元気にしてる。まあ、最初は泣いていたけど、今は勉強も頑張ってるよ」

「そうですか」

心配しなくてもいい、という早霧の言葉に、少しだけ安堵する。雪葉の今後のことに関しては、妖狐の頭領である早霧の意思が最優先される。雪葉のために、というそれに、凪がこれ以上口を出すわけにはいかないことは、わかっていた。

早く会えるようになればいい。そう思いながら、雪葉にも凪が時雨の伴侶になったことを伝えてくれるよう早霧に頼む。

「……にしても、凪、そなたわかっておるのかの?」

「え?」

ぱちり、と開いていた扇子を閉じた柊の言葉に首を傾げると、口元を笑みの形にした柊が、扇子の先で時雨を指す。

「その力が戻ったことで、時雨はおおよそ元の寿命を取り戻しておる」

「はい」

元々、力を失い寿命の大半が削られた、というのが最大の懸念事項であったため、実際にそうなったのだと教えられほっとしつつも頷く。

そんな凪の様子を楽しげな表情で見ながら、柊が続けた。

「時雨と凪の交わした契約は、互いの全てを与え合うもの。……ゆえに、凪の寿命も時雨に引き摺られる、ということじゃ」

「……——え？」

ぽかん、としたそれに、からからと柊が笑う。

「やはり、気がついていなかったようじゃのう。時雨、教えていなかったのか？」

「……契約が成るまで、どうなるかはわからなかったゆえ」

そもそも、交わす者が少ない契約ゆえに、その効果がどこまで及ぶかが未知数だったのだという。今回、時雨と凪の力の相性がこの上なくよかったことから、寿命にまで範囲が及んだのだ。

「僥倖《ぎょうこう》というべきか、ここまで力の相性が良い者も珍しかろうて。閨《ねや》でも、さぞ気持ちが良かったろう？」

「……——っ‼」

からかうような柊の言葉に、一気に全身が赤くなる。時雨と過ごした夜が、なぜ知られているのか。あわあわと混乱していると、身体をさらに抱き寄せた時雨が、凪の顔を隠すように胸に押し当てた。

「柊」

「おや、これくらいで恥ずかしがっていては、身が持たぬよ。それほど身体中から時雨の気配をさせておるのじゃ。身の内にこれ以上なく力を注がれているのは、一目瞭然よ」

「柊姐さん、多分、それ以上言うと凪君死んじゃうから止めてあげて」

苦笑した早霧も、柊の言うことを否定はしない。なぜ、と問うように時雨の胸に顔を押しつけたまま着物を握ると、後頭部を撫でてくれる感触とともに、時雨の苦笑する声が耳に届いた。

「あやかしは、互いの力を感じ取るからな……。まあ、凪は気にしなくてもいい」

宥めるようなその言葉に、だが、気にしないわけにはいかないと凪は心の中で訴える。

(時雨さんに、その、されたことが……まるわかりって……)

時雨に抱かれた後は、絶対に他のあやかしの前に出たくない。泣きそうになりながら時雨にしがみついていると、呆れたような早霧の声が聞こえてきた。

「時雨、顔」

「うるさい」

時雨の声がどこか嬉しそうなのは、気のせいか。羞恥で三人の顔を見られないまま悶《もだ》えていると、追い打ちのように柊が告げた。

「そう気にすることでもない。そなた達ほどに相性がよければ、いずれ子を生《な》すこともできよう」

その言葉に、羞恥に身悶えつつも、驚きが凌駕《りょうが》してしまい、思わず顔を上げる。頬は熱いまま、間近にある時雨の顔を見上げると、ゆるりと優しく目が細められた。

「あやかしの場合、人とは子を生す理《ことわり》が異なるゆえ、本来性別は関係ない。人の営みと同様に子を生すこともできるが、あやかしの力を相手に注ぐことでその身に子を宿せる場合もある」

「……そう、なんですね」

「まあ、それも縁があればというだけだ。私は、凪が隣にいてくれさえすれば、それでいい」

優しく頬を撫でられ、軽く口づけられる。慈しむようなそれに、安堵と羞恥を感じながら、凪もまたその手に頬を寄せた。

「……この命が続く限り、ずっと」

静かな呟きは、そっと、部屋に満ちる優しく穏やかな笑い声に紛れ消えていった。

あやかしお宿は縁を結う～宵の祝宴はいつまでも～

「……時雨《しぐれ》さん」

身動きがとれないまま途方に暮れていた御坂凪《みさかなぎ》は、自室を訪れた男——時雨の姿に、へにょりと眉《まゆ》を下げた。そんな凪の姿に、入口の引き戸近くに立ったまま時雨は優しい笑みを浮かべた。

「綺麗《きれい》にしてもらったな、凪」

「……——」

そうじゃない、と言いたいが、周囲からの圧が口を噤《つぐ》ませる。ただただ情けない顔をして時雨を見つめていた凪に、時雨がくすくすと楽しげに笑い声を漏らした。

「黙っていたのは悪かったから、そんな顔をするな」

「……うう」

膝《ひざ》の上で拳を握りしめた凪に、頭上から呆《あき》れたような声がかけられる。

「なあに、凪ったら、折角の晴れ姿なのに気に入らないの？」

「え、お嫁様《よめさま》、嫌なの？」

「お嫁様、すごく似合ってるのに」

「似合ってるのにー」

「ねー」

凪が先ほどまで着ていた着物を手に傍らに立つ夏乃《なつの》の声に追従するように、周囲に座って遊んでいた子供達がきゃいきゃいと声を上げる。それに慌ててかぶりを振ると、髪につけた飾りがぱたぱたと音を立てた。

「ち、違います！　ただびっくりしたのと……」

言いながら、自分の姿を見下ろし、だがそっと視線を上げたところでにっこりと笑った夏乃と目が合いその後の言葉が喉《のど》の奥に消えた。

あやかしの世界と人間の世界の狭間にある宿『ゆわい』。その宿に与えられた凪の自室には、今現在、足の踏み場もないほどの着物が広げられている。そうして、色とりどりのそれらの中から厳選されたものを、夏乃を始めとした女性従業員達に朝から嬉々《きき》として着付けられたのだ。

だが、どうみても自分が着せられたのは色打掛で――なぜ、自分が女性物の華やかな着物を着付けられているのか、という疑問を口に出せず今に至っている。

「いいじゃないの、似合えばなんだって。大旦那様《おおだんなさま》だって綺麗だって言ってるし。宿をあげてのお祝いなんだから、主役は華やかな方が見ていて楽しいもの」

それでも、まだ大人《おとな》しいのを選んだのよ。そう腰《こし》に手を当てて告げた夏乃の言葉に、凪は再び自身の身体《からだ》に視線を落とした。

地紋のある艶やかな白の絹地を使った着物に、少し色味の違う波模様の地紋のある白地の打掛。中地は紺で、袖《そで》や裾《すそ》に向かって、色とりどりの花が描かれている。比較的大人しめな図柄ではあるが、金糸や銀糸をふんだんに使ったそれは、凪の柔らかな雰囲気を損なわず、けれど華やかに見せていた。

「大旦那様のおっそい初恋がやっと実ったのだもの。本当なら、凪に合わせて一から仕立てたいところだったけど、凪が気にしてお披露目どころじゃないからって止められたのよね」

結果、宿の従業員達や先代店主である柊《ひいらぎ》、鬼の頭領の婚約者である鈴波《すずは》達が持ち寄った着物の中から、凪に似合うものが選ばれることになったのだ。凪の着ていた着物や、周囲に広げた着物をてきぱきと片付けながらぶつぶつと零《こぼ》す夏乃の言葉に、どこから突っ込んでいいのかわからずに凪は沈黙を守った。

和裁士という仕事をしているからこそ、着物の高価さはわかる。恐らく、今日一度しか袖を通さないであろう着物を新たに仕立てられなくてよかったという安堵《あんど》は、だが、その前の言葉に吹き飛ばされていた。

(遅い……は、初恋?)

思わず時雨の方を窺《うかが》うと、目を眇《すが》めた時雨が夏乃の方を見ていた。

「……夏乃」

「はぁい。いかがしました？　大旦那様」

だが、さらににっこりと笑った夏乃に、時雨はなんともいえない表情を浮かべて溜息《ためいき》をつく。そうして、凪の傍にやってくると、傍らに膝をついた。

「披露目まで、もう少し時間がある。それまではゆっくり休んでおくといい」

「……はい」

親指の腹で優しく頬《ほお》を撫《な》でられ、頬を染めながら小さく頷《うなず》く。

今日、この後に控えているのは、宿の従業員達や常連客、『ゆわい』と深く関わりのあるあやかしの一族の代表などを招待した、『ゆわい』店主の婚儀を祝うお披露目会だった。ちなみに、凪にそれが知らされたのは今朝のことで、凪は朝から動揺しっぱなしだったのだ。

『みんな、今日のために張り切って準備してたのよ』

笑いながらそう教えてくれた夏乃に、凪は、全く気がつかなかったと驚きを隠せなかった。

確かに、ここのところ、皆ばたばたとしているような気はしていた。ただ、凪のところに持ち込まれる繕《つくろ》いものや新しい着物や洋服の仕立ての仕事も増えており、宿の手伝いより仕事部屋に籠もっている時間の方が長かったのだ。

そういえば、頼まれた着物や洋服の仕立て期日が、今日までのものが多かったと気づくと、夏乃がお披露目会に着るものがない従業員が率先して頼んだのだと笑いながら教えてくれた。

「お嫁様、お着替え終わった？　折り紙して遊ぼ！」

走り回ることもなく凪の周りで大人しく遊んでいた子供達が、それぞれに近づいてきて折り紙を差し出してくる。

この『ゆわい』の従業員棟には、従業員であるあやかしの子供や、行く当てがなく『ゆわい』に迷い込んできて保護された子供なども一緒に暮らしている。あやかしにとって子供は保護すべき対象であり、基本的に、自身の子であるかどうかは関係なく育てる習慣がある。

凪は、手が空いた時に、宿の手伝いの傍ら子供達の遊び相手を頼まれることが多いため、今ではすっかり子供達に懐かれていた。

とはいえ、脚の怪我《けが》もあり走り回ることはできないため、もっぱら手遊びを教えるか、皆が駆け回っているのを見守るかくらいのもので、遊び相手としてはさほど役に立ってはいないのだが。

「うん。じゃあ、なにを折ろうか」

差し出された折り紙を受け取った凪に、子供達が口々に「お花！」「鶴！」「狐！」と希望を告げてくる。いつの間にか、凪はわらわらと囲まれており、苦笑した時雨が集まった子供達の頭を順に軽く撫でて立ち上がった。

「みな、ほどほどにな。……では、凪、また後で」

「あ、はい！」

最後に再び優しく頬を撫でられ、顔が赤くなるのを自覚しつつ慌てて頷く。そんな凪を優しく見つめた時雨が、立ち上がり部屋を後にした。

「はいはい。そんなに名残惜《なごりお》しそうに見送らなくても、後から存分にいちゃいちゃできるから」

「……っ！」

からかうように告げられたそれに、ますます顔を赤くしていると、周囲に座る子供達から楽しげな笑い声が上がる。

「お嫁様、真っ赤！」

「お嫁様、大旦那様行っちゃって寂しい？」

「らぶらぶー」

最後には、追い打ちのように、子供達の中に紛れて遊んでいた丁《ひのと》の声がする。子供達のサイズに合わせて座っている丁を多少恨めしげに見遣《みや》れば、にこにこと楽しげな笑みを返されてしまう。

「うう……」

そうして結局は何を言ってもからかわれてしまうことを悟り、凪は羞恥を堪《こら》えるように俯《うつむ》くと、渡された折り紙を黙々と折り始めるのだった。

◇◇◇

そうして、お披露目会のために臨時休業となった『ゆわい』は、この日、お祝いムード一色となっていた。従業員達も、準備を終えると全員休みとなり、無礼講で宴会が始まる。

最初の方こそ、店主である時雨と、その伴侶となった凪を上座に据え、粛々とした雰囲気で進められていたが、時雨の挨拶が済み、宴会が始まった時点で一変して飲めや歌えの大騒ぎとなったのだ。

成人したばかりで酒を飲んだことのなかった凪は、祝い酒としてお猪口《ちょこ》に注がれた日本酒を一杯だけ口にしたものの、時雨に止められたのもあって、後はずっとアルコールでないものを口にしていた。

それでも、なんとなく顔が赤くなっている気がして、ぴたりと頬に手を当てた。

「熱いか？」

隣からした声に顔を向けると、従業員達や早霧《さぎり》に引っ張られて席を外していた時雨が戻ってきていた。一方、凪のもとには、先代店主である柊や、夏乃、鬼の一族の代表として招待されていた鈴波などの女性陣が集まっており、凪の今日の衣装をネタに盛り上がっている。

「少しだけ。でも、大丈夫です」

意識ははっきりしているし、酔いが回っているという感じでもない。ただ、今日は朝からバタバタしていたので、少し気が抜けたのだろう。そう告げると、時雨が頬に当てていた凪の手を取り、指先に軽く口づけた。

「無理をさせたな」

「……っ！　い、いいえ！　あの、びっくりはしたけど、嬉《うれ》しかったので」

指に触れた柔らかな感触に、鼓動が跳ね上がり、先ほどまでとは違う意味で顔が熱くなる。時雨の顔を直視できず、優しく握られた手を見つめたままかぶりを振ると、ふっと楽しげに息を零す音が耳に届いた。

「ならばよかった。……この宿は、特殊な場所だ。死者が蘇ることはないが、このような席では、ごく稀《まれ》に呼ばれた魂が立ち寄ることもある」

「……――あ」

喧噪《けんそう》の中、静かな、そして決して大きくはない時雨の声が、すっと耳に入る。そしてその意味を悟った瞬間、凪は思わず顔を上げていた。

「絶対ではない。それに、その姿を現すこともない。だが、凪が幸せだと思ってくれるのであれば、安心させてやれるだろう」

「はい」

愛《いと》おしむような、そしてどこまでも甘やかすような時雨の表情に、凪は嬉しさと気恥ずかしさとともに頷く。

少なくとも祖母は、凪の行く末を最後まで心配してくれていた。もし、祖母がこの景色を見たら、きっと喜んでくれるだろう。凪が、きちんと自分の『居場所』を得たことを。

「……ありがとうございます。時雨さん」

握られた手を軽く握り返すと、こちらを見る時雨の瞳が柔らかく細められる。そうして、わずかに手を引かれた時、甘い空気を霧散させるような声が割り込んできた。

「はい、そこまでー。お前ら、それ以上いちゃいちゃするなら部屋に戻れー？　続けてもいいけど、時雨はともかく凪君が後で部屋から出られなくなるぞ」

はっと我に返った凪が声の方に顔を向けると、そこには熱燗《あつかん》が入っているのであろう銚子《ちょうし》を持った早霧が楽しげに口端を上げて立っていた。

「……――っ！」

そうして、そろそろと早霧の背後に視線を向けると、先ほどまでの喧噪が嘘《うそ》のように静まり返った部屋の中で、全員がこちらを見ている。なんとなくその視線が妙に温かい気がするのは、多分、気のせいではないだろう。

今のやりとりを見られていたという事実に思い至り、かあああっと一気に全身が赤くなる。元々、屋外に出る機会が少なく肌《はだ》の白い凪のその変化は顕著で、周囲の視線がさらに温かさを増した。

「大旦那様。そろそろ連れ出してあげないと、凪君が倒れそうですよ」

くすくすと笑いながらそう告げた総二郎《そうじろう》に、時雨が軽く溜息を零す。呆れられてしまったかと、無意識のうちに泣きそうな表情で時雨を見遣ると、わずかに目を見張った時雨がこちらへ手を伸ばしてきた。

「え？」

ふわり、と身体が浮いたと思った瞬間、時雨に抱き上げられたことに気づく。いわゆるお姫様抱っこの状態に、凪は慌てて身動《みじろ》いだ。

「し、時雨さん！」

仮にも男で、痩せ気味とはいえ平均並みの身長がある上に、今は色打掛を着ているためさらに重量は増している。重いのに、と慌てて身体を支えるように時雨にしがみつくと、時雨は気にした様子もなくすたすたと歩き始めた。

「では、私達は下がらせてもらおう。皆、飲み過ぎぬようにな」

微塵《みじん》も動揺を感じさせない声でそう告げた時雨に、はーい、とまるで学校のような返事が返ってくる。ごゆっくりー、と口々にかけられる声に、さらに羞恥から顔を上げられなくなった凪だったが、それでも時雨の身体に顔を伏せながら告げた。

「あの！　皆さん、ありがとうございました」

その声に、また一瞬だけ喧噪が止まり、だがすぐに「お嫁様、大旦那様、おめでとう」と温かな声が返ってくる。

「凪君、またね」

ちらりと時雨の身体ごしに見遣ると、早霧や総二郎、夏乃といった従業員達や鈴波が、軽く手を振って見送ってくれている。それに軽く頭を下げお披露目会の会場を後にした凪は、温かな時雨の身体にしがみつきながら、ほんの少しだけ零れた涙にそっと目を伏せるのだった。

◇◇◇

時雨に連れられたのは、凪の部屋ではなく宿の最奥にある時雨の私室だった。

寝室となっている和室の、ローベッドの前で下ろされた凪は、傍らに腰を下ろした時雨にはにかみながら礼を告げる。

「ありがとうございます」

「いや。疲れただろう。風呂《ふろ》の準備はできているから、ゆっくり入るといい」

労《いたわ》るように頬を撫でられ、その心地よさに目を伏せると、凪はその手に自身の手を重ねた。

そうして、甘えるように頬を擦《す》り付ける。

「……安心、してくれていると思います」

そう呟《つぶや》いた声に、時雨の手がぴくりと震える。誰が、なにを。それを言わずとも伝わったのだろう。そうか、とわずかに安堵したような声が返ってきた。

「はい。……――夢かもしれないと思うくらい、幸せ、なので」

羞恥を堪えつつもそう告げると、夢では困るな、と甘さを増した声がする。伏せていた目を上げ時雨を見ると、頬に添えられていた手が凪の顔を上向けた。

「凪は、私の伴侶だ。……生涯、幸せにする」

「……俺も、時雨さんを幸せにしたい、です」

そうして、ずっとともに在りたい。そんな願いを込めながら呟くと、ああ、と時雨が嬉しそうに微笑《ほほえ》む。その表情につられるように凪も頬を緩ませると、ゆっくりと時雨の顔が近づいてきた。

「……ん」

何度か軽く触れた唇《くちびる》は、徐々に深く重ねられていく。胸に抱き込むように引き寄せられ、時雨の身体に自身の身体を預けた凪は、与えられる口づけを拒むことなく受け入れた。

促されるように舌先で唇を辿《たど》られ、薄く口を開く。隙間から差し入れられた舌は、凪の舌を搦《から》め捕り、口腔《こうこう》を愛撫《あいぶ》するように至るところを舐《な》められる。

初めて身体を繋《つな》げてから、口づけは数え切れないほどしている。けれど、いつまで経っても羞恥は消えず、むしろその後に与えられる快感を思い出してしまうようになった今の方が、恥ずかしさが増している気がした。

けれど回数を重ねるごとに、時雨にも気持ち良くなってもらいたいという気持ちも増し、羞恥を覚えつつも自ら時雨の舌に応えるようにもなったのだ。

「ん、ふぁ……」

ぴちゃりと音を立ててわずかに離れた唇が、再び深く重ねられる。気がつけば、羽織っていた打掛は脱がされ、綺麗に着付けられていた着物もすっかり着崩れてしまっていた。

「……凪、構わないか？」

息が上がるほど貪られた唇をようやく離した時雨に、そっと問われる。それに頷くと、だが一瞬後に、まずは着物を脱ごうかと苦笑交じりの声が落ちてきた。

すっかり着崩れた着物を見下ろした凪は、羞恥に顔を染めながらも、こくりと頷く。

「あの。多分一人じゃ脱げないので、手伝ってもらってもいいですか？」

下手《へた》に脱ごうとして、折角の上等な着物が傷んでしまっては困る。眉を下げて頼むと、もちろん、と時雨が優しく手を差し伸べてくれた。

時雨の手を借りながら、乱れてしまっているとはいえしっかりと着付けられた着物を脱いでいく。普段から着物を着慣れているとはいえ、これほどきっちり着ることはほとんどなく、襦袢《じゅばん》だけになった途端、ほっと息を吐いた。脱ぐと、いかに締め付けられていたかがわかる。

「これだけ着ていると、きつかっただろう」

「……綺麗に着付けて頂いていたので、苦しくはなかったんですが。脱ぐと、きつかったんだなって思いました」

ほっとして、脱いだ着物を衣桁《いこう》にかけようと手に取る。だが、その手は時雨にとられ、腹に回された腕に身体を引き寄せられた。

「あ！」

はらりと手から着物が落ち、皺《しわ》になる、と咄嗟《とっさ》に手を伸ばそうとする。だが直後、耳元で囁《ささや》かれた声に身体から力が抜けた。

「悪いが、これ以上は待ってやれなそうだ」

「……着物」

それでも往生際悪く眉を下げて呟く凪の顎《あご》に、時雨の指がかけられる。そうして、着物にすら意識を奪われたくないというように、振り向かされた。

「後で、な」

そうして、再び唇を重ねられて数分の後、凪の意識の中から散らばった着物のことは綺麗に消え去っていた。

「あ、や、やぁ……っ」

ぴちゃぴちゃと背後からする水音に、凪はすすり泣くような嬌声《きょうせい》を上げる。

シーツの上に俯《うつぶ》せに転がされ、尻《しり》だけを高く掲げた恰好にされてから、どれくらいの時間が経ったのか。背後では、緩い快感に焦《じ》らされ、意識しないまま自ら揺らし始めた凪の腰を摑《つか》んだ時雨が、後ろを解《ほぐ》すように指と舌で弄《いじ》り続けている。

初めて身体を繫げた時のように硬く閉じていた後ろは、時雨の愛撫にさほど時間を置くことなく緩み始め、差し入れられた指を柔らかく受け入れた。

時雨とは、最も繋がりの深い伴侶の契約を交わしている。

あやかし達の中で交わされる伴侶の契約には、色々と種類があるらしい。それら全部を聞いたわけではないが、凪と時雨が交わしたそれは、互いの力だけでなく寿命にも作用するもので、一度交わせば取り消すことができないものだという。

また、交わすための条件も厳しく、力の相性はもちろん、互いが心から必要とする相手でなければ交わせない、と教えられた。

そして、そんな最も難しく、だが結びつきの深い契約を交わした相手と身体を重ねた場合、各々の力や体液が互いにとって媚薬《びやく》ともなるからなのか、時雨に抱かれる度に凪は快感に溺れてしまうのだった。

とはいえ、凪の自制心の強さから、完全に我を忘れてしまうことはなく、結果自分でも戸惑うほどの快感に羞恥を覚え、恥ずかしがるその姿に、時雨が煽《あお》られさらに可愛《かわい》がられる時間が長くなる、という他人が聞けば砂を吐きそうなやりとりの繰り返しだった。

「ほら、凪の身体が、嬉しそうに私の指を飲み込んでいる」

「や、舐めるの、だ、め……っ」

甘やかすようにそう告げた時雨が、指で後ろを解しながら、拡げられたそこを舌先で舐める。その感触にびくりと身体を震わせた凪が、時雨の指を食い締めながら、必死に声を上げた。もっと、違うものが欲しい。そう訴えるように纏《まと》わり付く襞《ひだ》を優しく撫でながら、時雨がそっと指を引き抜いていく。

「……あぁ」

思わず零れた、名残惜しそうな声。凪自身はそれに気がついておらず、背後に膝立ちで立つ時雨が口端を上げた。

二人とも、着ていたものは全て脱ぎ捨てている。本能のままに鬼の証《あかし》である角を現した時雨が、凪の肌を優しく撫でた直後、凪の後ろに硬く張りつめたものが当てられた。

それが与える快感を、身体で覚えている凪は、無意識のうちに身体を震わせる。そんな凪の腰を宥《なだ》めるように撫でる時雨の手に意識が移った瞬間、ずるりと熱杭が身体の奥に入ってくる。

「……っ！」

幾度身体を重ねても慣れない圧迫感に、一瞬、息が止まる。だが、痛みはなく、凪の身体はむしろ早くというように時雨の熱を待ち受けていた。

突如、ぴたりと時雨の動きが止まる。反射的に息を吐き身体から力が抜けた瞬間、だが、今度はぐっと最奥まで押し入れられた。

「……――っ！」

ずん、と身体の奥から全身を突き抜けた衝撃と快感に、目の前が真っ白になる。声にならない声を上げた凪は、シーツを握る手に力を込め、腰を震わせる。堪える間もなく、長い時間与えられた後ろへの愛撫で張り詰めていた中心から、白濁が放たれた。

「あ、あ……」

ふるりと震える背に、覆い被《かぶ》さるように時雨の身体が重ねられる。温かな素肌の触れ合う感触すら、達したばかりの凪には快感となり、小さく声を漏らしながら身体を震わせた。

「上手に達《い》けたな、凪」

甘い声が、耳元から吹き込まれる。囁くようなそれに身体が反応し、飲み込んだ時雨のものを締めつけた。

「やめ、まだ……」

達した直後だというのに、凪のものは萎えることなく勃ち上がっている。時雨に与えられる熱が欲しいと、貪欲に蠢《うごめ》く後ろに、凪自身が困惑しかぶりを振った。

「や、また、おかしくなる……」

時雨に抱かれると、いつもこうなってしまう。達しても、達しても満足しない。身体の奥に時雨の熱が放たれて、それでようやく少し落ち着くといった有様だ。けれどそれも長くは続かず、再び貪られれば否応なく昂《たかぶ》ってしまう。

時雨も同様なのか、最初の方は緩やかに凪を高めてくれるのだが、途中からは貪るような愛撫に変わっていく。そうして幾度も身体を繋げ、凪の意識がなくなる頃、ようやく満足したかのように終えるのだ。

自分が自分でなくなってしまう。そんな時間が、まだ経験の少ない凪には怖く感じられてしまう。

「おかしくなれ。……私の前でなら、幾らでも」

そして、惑乱する凪を唆《そそのか》すように、いつも時雨はそう囁くのだ。

「や、あ、だめ、まだ、あ……——っ！」

背後から強く抱き締められたまま、時雨が腰を突き入れる。身体の深い部分——そして凪が最も感じる箇所を先端で幾度も擦られ、あられもない嬌声を上げる。時雨の寝室からは決して声が漏れないと教えられたため、この時ばかりは、凪も堪えきれず声を上げてしまう。

身動きがとれないまま繋がるこの体勢は、顔が見えないものの、隙間なく全身で時雨の気配を感じることができ、凪が最も無防備になる体勢でもあった。感じるままに声を上げる凪に、やがて時雨の動きも激しくなり、深く突き入れたまま後ろを掻き回すようにぐるりと腰を回した。

「ああ……っ！」

感じる場所に先端を当てながら、襞全体を撫でられ、凪が腰を震わせる。同時に、時雨のものを強く締めつけ、小さく声を漏らした時雨が膝立ちのまま上半身を起こした。

「凪、凪……っ」

「しぐれ、さ、……、時雨さん……っ！」

音がするほど激しく腰を振る時雨を、凪もまた声を上げながら受け入れる。そうして、一際強く、そして最も深い場所へ腰を突き入れた直後、凪が再び頂点へと駆け上った。

「あ、あ、ああああ……――っ！」

「……――っく！」

同時に、ぶるりと腰を震わせた時雨が、凪の奥へと白濁を放つ。幾度かに分け自身の熱を全て凪に注ぎ込んだ時雨が、そのままの状態で再び上体を倒し凪の背を包み込んだ。

「や、動くの、だめ……」

舌が回らなくなってきた凪の脚をゆっくり撫でた時雨が、耳元でふっと微笑む。

「……いずれ、脚がもう少し治ったら、二人で遠出をするのもいいいな」

「あ……」

その言葉に目を見張った凪が、ふにゃりと頬を緩ませる。

時雨と伴侶となったことで、凪の脚の怪我も時間はかかるが綺麗に治るだろうと言われた。その辺りは、寿命だけでなく時雨の力の影響もあるらしい。

「人の世には、新婚旅行というものがあるのだろう？　折角だ、凪の行ったことのない場所に、連れて行こう」

甘い声に、凪は泣きそうになりながらも、小さく頷く。

居場所を、与えてもらった。

生きていく意味を、教えてもらった。

ともに在りたい人を、見つけた。

それだけでも幸せだったのに、このあやかしは、どれほどの幸福をもたらしてくれるのか。

知らず零れた涙を、優しい指が、そっと拭《ぬぐ》ってくれる。

「……ともに、幸せになろう。愛しい、私の伴侶」

そうして、優しく、甘く囁かれた言葉に、凪は、ほろほろと零れる涙を止められないまま、幸せな答えを返すのだった。

あとがき

こんにちは、杉原朱紀です。この度は「宵闇お宿の鬼の主のお嫁様」をお手にとってくださり、誠にありがとうございました。

和風の宿屋とあやかし、着物に組紐と、今回も好きなものを詰め込んだお話になりました。旅行雑誌や旅館の写真を眺めては、行きたいなと思いつつ、あっという間に時間が過ぎていきました。現実にありそうな、けれど現実からは離れた舞台でのお話を考えるのは、とても楽しかったです。時間ができたら、のんびり旅行がしたいなあと。

元々、あやかしが出てくるお話を書きたいと思っていたので、なんのあやかしを出すか考えるのも楽しかったです。もっと色々出したかったですが、収拾つかなくなるので、ある程度で諦めつつ。それでも登場人物は多くなってしまいましたが。

今回の舞台である宿屋『ゆわい』も、色々と設定を作るうちにとても話を考えやすい場所になったので、またなにかしら書けたらいいなあと思います。目標だけは高く。

イラストをご担当くださいました、鈴倉温先生。お忙しい中、本当にありがとうございました。

出てくる人数も多く、ご迷惑をおかけしひたすら申し訳ない気持ちだったのですが、イラストを拝見して、描いて頂けてよかったと心から思いました。主役二人をイメージ以上に素敵にして頂けた嬉しさはもちろん、大人組の色っぽさとちびっ子達の可愛さにひたすら悶えました。

後、豆狸がモフり回したい可愛さで。鈴倉先生はもちろん、シーン指定してくださった担当様にも心の中で手を合わせました。本当にありがとうございました。

担当様。今回もひたすらご迷惑をおかけして、申し訳ありませんでした。色々と混迷してしまったのもあり、いつもよりさらにひどかったので……。的確なご指摘と励ましにとても助けて頂きました。

最後になりましたが、この本を作るにあたりご尽力くださった皆様、そして読んでくださった方々に、心から御礼申し上げます。少しでも楽しんで頂ければ幸いです。

もしよろしければ、編集部宛やTwitter等で感想を聞かせて頂ければ嬉しいです。

それでは、またお会いできることを祈りつつ。

二〇二三年　杉原朱紀

✦初出　宵闇お宿の鬼の主のお嫁様……………書き下ろし
あやかしお宿は縁を結う
～宵の祝宴はいつまでも～……………書き下ろし

杉原朱紀先生、鈴倉温先生へのお便り、本作品に関するご意見、ご感想などは
〒151-0051 東京都渋谷区千駄ヶ谷 4-9-7
幻冬舎コミックス　ルチル文庫「宵闇お宿の鬼の主のお嫁様」係まで。

幻冬舎ルチル文庫

宵闇お宿の鬼の主のお嫁様

2023年7月20日　　第1刷発行

✦著者	杉原朱紀　すぎはら あき
✦発行人	石原正康
✦発行元	株式会社 幻冬舎コミックス 〒151-0051 東京都渋谷区千駄ヶ谷 4-9-7 電話 03(5411)6431［編集］
✦発売元	株式会社 幻冬舎 〒151-0051 東京都渋谷区千駄ヶ谷 4-9-7 電話 03(5411)6222［営業］ 振替 00120-8-767643
✦印刷・製本所	中央精版印刷株式会社

✦検印廃止

ISBN978-4-344-85256-3　C0193　Printed in Japan